惠风·文学汇

船慢慢
抓住海的身体

"惠风·文学汇"编委会 编

海峡出版发行集团 | 海峡文艺出版社

目 录

在象鼻湾等日落 ◎ 孟丰敏 / 1

登香炉屿感怀 ◎ 丁瑞武 / 6

海门关不住 渔歌绕云天 ◎ 简　梅 / 9

平潭，你好 ◎ 王建干 / 16

平潭的海 ◎ 沈世豪 / 18

诗三首 ◎ 梁　征 / 31

岛上的教堂 ◎ 苏　忠 / 40

世界终究是沉默的（组诗） ◎ 王祥康 / 43

石厝往来 ◎ 林　焱 / 48

大海襟怀 ◎ 许怀中 / 50

平潭漫笔 ◎ 郭　风 / 54

三十六脚湖纪奇 ◎ 何少川 / 63

母亲的塘屿，我的心跳 ◎ 章　武 / 67

风里浪里海坛岛 ◎ 黄文山 / 72

光阴如梦话岚岛 ◎ 简　梅 / 76

流水观排 ◎ 梁　征 / 79

六州歌头平潭 ◎ 何泽中 / 81

风的宣言 ◎ 陈章汉 / 83

一个美丽的结合
　　——致平潭三十六脚湖 ◎ 蒋夷牧 / 85

岚岛二阕 ◎ 谢秀桐 / 87

上帝丢了个小练岛（外一首） ◎ 苏　忠 / 88

在平潭岛看沙雕 ◎ 叶玉琳 / 91

龙王头沙滩，大海的眉 ◎ 高　翔 / 93

听　风 ◎ 黄　燕 / 96

在一滴海水里，我认识了平潭 ◎ 李龙年 / 98

平潭行 ◎ 昌　政 / 100

坚硬与柔软 ◎ 郭永仙 / 104

无　题 ◎ 庄　文 / 106

海坛仙人境 ◎ 骆锦恋 / 109

仙人井（外一首） ◎ 年微漾 / 110

岚岛，海水涂满了黄昏的嘴唇（外一首） ◎ 哈　雷 / 112

半洋石帆　总有渔歌在晃动 ◎ 西　楼 / 116

平潭风电 ◎ 蔡芳本 / 118

石牌洋（外一首） ◎ 高　云 / 121

浴风踏浪平潭岛 ◎ 许怀中 / 123

泮洋石帆的绝唱 ◎ 朱谷忠 / 126

初识平潭 ◎ 阮兆菁 / 135

石头的乡愁 ◎ 黎　虹 / 137

海峡飞虹
　　——来自平潭公铁两用大桥工地的报告　◎ 沈世豪 / 139

让石头唱歌的演奏家
　　——林智远和北港文创村　◎ 建　安 / 160

一半翅膀一半帆（外二章）
　　——题泮洋石帆　◎ 苏　忠 / 180

吼出来的爱情　◎ 林朝晖 / 185

神圣之兽的千年表情　◎ 钟兆云 / 236

《论语》读札　◎ 万小英 / 254

冶山梦寻　◎ 陈常飞 / 262

鄞江故事　◎ 练建安 / 267

在象鼻湾等日落

◎ 孟丰敏

来平潭看海前,我已听说象鼻湾的日落非常美,成为平潭网红打卡点。这里的沙滩,被称作"建民沙坝"。如果你想来这里,可以说象鼻湾,又可以说建民沙坝。但因为在修堤坝,大家只能步行来象鼻湾的沙滩。

每次想到写海的文章时,我就会情不自禁地盘点自己见过的那些海。当然,这些海基本都是福建省内的,福建省以外的海见得比较少。仅就平潭而言,我来过数次,象鼻湾的海却是第一次看到。记得我第一次来平潭,应该是2007年,那一年孩子刚出生,先生单位组织去平潭旅游,当时还要坐船过海。到达渡口的时候是傍晚,渔民们正在摆摊售卖新鲜的海鲜。腥味十足的渡口让我感到特别亲切,因为福州白龙江(台江区和仓山区之间)两岸的渡口早已不再有渔船停泊,更不可能看到渔民叫卖新鲜的海鲜。我小时候在白龙江畔长大,最熟悉的情景就是河流、渡口、船、渔民、水产品,还有朝阳或夕阳洒满江面的粼粼波光,在水流的传动下,轻轻悠悠地荡漾着,昭示着这一天的开始或结束。

我们坐船过海，去了石牌洋，并在景点的标志处合影。如今回看照片，我们不禁唏嘘，青春很快在孩子的抚育成长中溜走了。孩子曾经问我，何时带他去平潭看蓝眼泪。我说一定会的，但始终没有带他去。这次来象鼻湾后，我想一定要来第二次，而且必须带上先生和孩子。为什么呢？等我最后揭秘。

象鼻湾在平潭岛的最西边，北面隔海对着鹅头尾山脉，西面隔海遥望福清市的东进岛和可门岛。听村民说，象鼻湾的沙子有聚财致富的寓意。这里原来没有沙滩，在岁月变迁中，海里的沙子被海水不断地冲刷沉积在此，从而形成了这片沙滩。而有趣的是，沙滩把海水分成两边，使得沙滩呈大象鼻子的狭长形状，每到八月初一和十五的中午涨潮时，沙滩两边的海水一起潮涨潮落，同时淹没了沙滩，却又不影响人行走在沙滩上。这一独特景象，几乎是世界少有的奇观。

我沿着堤坝往沙滩上行走时，看到一艘小船漂浮在沙滩右边的海湾上，傍晚五点钟的太阳依旧灿烂地高悬在半空，映照出蓝白相间的天空，而天空下的淡蓝色的海面是那么平静，使我忍不住地想为它拍照留影。继续往前走到海边的岩石旁，海风似乎想把我推倒，让我站不稳脚跟，身体有些摇晃，但我还是勇敢地爬上了岩石，对着大海展开双臂，渴望像那几只白鹭一样，在海天之间来回翱翔，撩起云朵似的浪花。这样的海边美景其实是熟悉亲切的，却因为年龄和心情不同，而感受不同。我曾常常想，独自一人看海是什么感觉呢？记得2000年，我独自一人在厦门的海边漫步，对自己的未来感到很迷茫和担忧。

时隔20年，我第二次独自看海漫步，但是以作家的身份，带着写作的任务来看海。这是20年前在厦门海边时无论如何也想象不到的。那时年轻的我望着天空，眼里非常空洞，连巨大的太阳都看不到，只看到了自己落寞孤独的样子。那时，也不会明白不同年龄对海边日落的认识其实是一样的，那就是一个"美"字！美的呈现有不同吗？没有！只是面对美的心情不同，那么总结也就不同了。因为世上所有的美都是一样的，只是看客的心情不同，赋予了它不同的美的内涵、价值和意义。

这也就是为何美需要文艺家来表现它，因为反映的是人，折射的是人的心理活动。黑格尔的《美学》理论便说道："艺术除了表现一般世界的理想情况外，更要寻找可以显现心灵方面的深刻而重要的旨趣和真正意蕴的具体情境。"现代生活中，人类偏重于理智，被权力、功名、戒律、准则所束缚，使艺术渐渐被挤压出了生活的土地。按照黑格尔的这个理论来观赏象鼻湾的日落，想到艺术是一种灵魂的自由与解放活动，我不禁产生感恩之心，想想这份自由惬意所携带的浪漫艺术任务是多少人艳羡的事。再看看日落，你可以想象得到，这样的场景多么平常，只因人懂得了艺术，便觉得一切充满了诗意，哪怕苦难都可以成为艺术。因此，人需要文化教养，培养艺术的认知，那么他的行为就不再是丑陋的。至少，他不会在这么干净、明亮如铺满星星的沙滩上乱扔垃圾，而会为了保护这份美而自觉，产生自律的文明行为。

我是带着诗意的艺术眼光来等待、欣赏日落的，但等待日落的过程，我望着海的四周风景，看那些浓淡相宜的远山，看天空的浮云，便觉得等待也是一种艺术了，因为需要培养耐心，修养心境。你看，当你心静而欢喜时，这大自然的美是无法用言语来描述的，但我试着去描述它。我深一脚浅一脚地漫步沙滩，带着一身海的蓝。沙子上的脚印不时地被海水冲刷，许多想象都充满了神秘色彩。我看到了一些花一样的海藻被滞留在沙滩上，村民告诉我，那是鲍鱼吃剩的。鲍鱼喜欢吃海藻，但只吃海藻最嫩的部分，剩下的海藻就随着海浪被送回到沙滩上，像是大海女神送给人们的一朵朵礼花。此时，海的天边浮着许多云朵，宛若仙女的莲花座。那些起伏的山脉，又像睡美人的侧影，伏贴在海的边际，让人浮想联翩。而夕阳还挂在半空舍不得下山，似乎在等着谁来？我很想问一问它，我还要等你多久，你才肯把最美的黄昏送给我。

　　这夕阳每天都美得惊艳，像自然里落下的一行诗歌。在象鼻湾，夕阳赠送我一身的光明，我想用来照亮一首属于大海的诗。而风不停地吹拂我的脸颊，仿佛是爱人的手，轻轻抚去我心的疲惫。可惜了这美景，只是我一人在沙滩，少了那十指相扣的手牵着。曾经我们一起看的夕阳，依旧保持最美的模样，因为我的心不变。就这样站在沙滩上，望着辽阔的海洋，等着日落，诗意顿生，舍不得离开，任由风吹日晒，想把心中对自然和这世界的爱都送给这片美丽的沙滩。这是情话绵绵的黄昏，我确实把今天的所有诗意都献给了大海女神。我想，和自然相爱多么美好，它送给我的总是超过我付出的。

一直等到 6 点，我不得不离开了，象鼻湾的日落，我始终没有等到。我想，这也许是为了让我第二次来，而且要带着先生和孩子一起来等日落，完成待续的人间诗意。夕阳仿佛从未来过这里，留下了一片片闪光的期待。

孟丰敏，笔名璎洛。中国作家协会会员、鲁迅文学院学员、福建省音乐家协会会员。福州市作家协会副主席、秘书长，《瞭望东方周刊》特约撰稿人，福州市作协《榕树》执行副主编，《海峡瞭望》杂志音乐专栏作家。出版散文集《约你开花》《台湾音乐往事》《美禅》《流翠烟台山》，童话集《奇幻之旅》。

登香炉屿感怀

◎ 丁瑞武

香炉屿，我以一种近乎朝圣的心情，走向你，蹒跚而行。

这里，荒岛不芜，草木繁盛，入眼生翠。

这里，碧海多情，水产丰饶，意趣盎然。

这里，野岛有宝，藏银成谜，巧谶如诡。

然而这些，都不是我此行的目的。

我要寻觅的，是那风中的传说，是数千年前的文化遗址，是古老的石器和陶瓷。

穿越时空隧道，终于见到你，阡陌纵横的容颜，洗尽铅华，沟壑森森。为了这千年的约定，为了生命里最坚贞不渝的等待，你始终伫立风中，一站千年，站成风景，站成传奇，站成永恒。

这无疑是一见钟情的初相识了。当我们终于遇见，当我颤巍巍地走向你，风云驻足，波涛无声，四周寂静，一如千万年来你的寂寥苦楚。

而你却从容，微微地笑：你还不来，我怎舍得老去？

我不言，只是轻轻触摸你深邃而幽远的肌肤，如亲芳泽，若游子初归。

是你，于无涯的荒野，为我默默守住流年，守住那一抹至真至纯至美；是你，在生命的最绿处，静听惊涛拍岸，笑看春花秋月。就这样老了光阴，惊艳了长风，沧桑了思绪。

心若无尘，岁月奈何。

走入季节深处，那些随意抖落的，除了时光的吉羽，还有历史的温度。或许，在千万年的另一端，这里曾是一处渔猎而群居的社区，抑或是一座奉天敬地、美轮美奂的神殿，一座傲视群雄、睥睨天下的城堡。

鹿鸣啾啾，潮汛潺潺。石器与陶瓷的碎片已斑驳，却依然散发着历经磨砺后的锋芒，直抵心田。

洒一地沉吟，于水墨青花间；

藏一簇情怀，于时间长河间；

蕴一抹风情，于浩淼海天间；

雕一种风骨，于孤寂行旅中。

那波浪般涌动的历史碎片，是远古华夏的魂魄，千年往事的风云，浩瀚寰宇的精灵！

遥想当年，南岛语族先民泛舟浩荡大洋，海上丝绸之路拓开欧亚大陆，中西文明交汇融合成一曲曲雄浑交响。

长笛一声台海浅，烟波浩渺归帆渐。远古缱绻的余音，和着"海峡号"悠长的笛韵，柔柔地驰骋在一思一念的海洋。

请原谅我终日辗转彼岸，找不到来时的路。他们说阳光正好，微风不燥，而你已为我跋涉了千山万水，酝酿出前世今生的那一坛相思。

千年的积淀，千年的芳华；

千年的约定，千年的守候；

千年的情怀，千年的咏叹。

因了这一场美丽的遇见！"金风玉露一相逢，便胜却人间无数。"

既然，流韵如斯，那么我亦愿，为你，沉醉千年……

备注：北香炉屿，因形似香炉且位于平潭综合实验区北部，故名；因岛上遍植台湾相思树，又称之为"相思岛"。该岛位于福建省平潭海域，地理位置为北纬 25°37′，东经 119°41′，隶属平潭的苏平片区的原苏澳镇，为无居民岛，距苏澳镇苏澳村西海岸约 0.9 公里，岛体呈南北走向，长 300 米，宽 100—270 米。岛屿的沙滩上、山坡间、石缝处，陶、瓷和其他器皿的碎片随处可见，贝壳等形成的文化堆积层展现出早于商周的古人类生活生产遗迹，充满了历史沉积的厚重感。

丁瑞武，回族，70后，福建平潭人，在职研究生学历。曾任平潭县人民广播站记者，现任平潭综合实验区党工委宣传与影视发展部影视产业处处长，平潭政协委员，福建省作协会员，编著有《平潭旅游经贸手册》。

海门关不住　渔歌绕云天

◎ 简 梅

一

站在崇武的海边，听天风撩响云雾，看银波击碎礁石，沉沙在宛如月牙的岸线低俯着，似隐藏万千记忆，它们密密挤挤、相挨相叠，曾从海的深处荡来跃去，不知何时成陆成洋，而今静谧祥和。其实，掰着历史的手指头数一数，那些风云变幻的往事，如莫测的海洋，进退翻滚中有多少波澜，便有多少前仆后继的浪花，席卷着岸边古城，也席卷着民族沧桑画卷，渲染跌宕成蔚蓝深重的色彩，看子民们在犁耕大海，扬桨、起橹、张帆、使舵，一点点，一片片，一阵阵，渐渐势如破竹，出入海门，南北捕捞，通利舟楫……归航时一盏明烁的灯塔，如母亲，慈爱聆听着渔歌萦绕云天。

我痴痴地想，崇武多像我的故乡梅花镇，同样是明洪武年间修筑的滨海千户所城，有着坚不可摧的古城墙；同样告别兵戎海战之后，百姓耕海牧渔，有着风浪里来去的豁达与从容。仿佛是一对兄弟，遥遥地分散两处，彼此感应，相互关怀。这使我抑制不住心中的崇敬与亲切，走进海天广博的深处，听涛声含着古韵，诉说不尽的艰辛与繁华。

据《崇武所城志》记载："崇武滨海军民人等，以渔为生。冬春则纶带鱼。至夏初则浮大鲢取马鲛、鲨、鲳、竹鱼之类。夏中则撒鲨鲢、鲳鲢，秋中则旋网取金鳞、巴录、毒等。"初时，受条件限制，崇武渔业以内海作业为主，船具仅是竹排、舢板等，使用人力橹桨，辅以葜、麻、布的小风帆，劳动强度大，几无抗风险能力，渔民们要三更出，半夜入，更是白天黑夜都在海滩上拖网，忍饥挨冻是生活里常有的事。另外，他们"多籍采捕为谋生，名为讨海"，大小男妇于退潮时用铁钩取蛎房、仙掌、螺、铜、规、石乳、紫菜、赤菜、青苔之属，从沙中取车螯、蛤蚌、西施舌、王螺、白蟑鱼、石巨之属。虽为劳苦，却足以瞻家，不怕岁饥。

在长期渔业生产中，渔民积累了许多作业的方法，如网业有拖网、围罾、网仔、漏尾、浮鲳、扫梭子蟹等，钓业有钓槽、大排、放缐等。并集聪明才智创造了能背舢板或竹排出海生产的木帆船，该类船以风帆力为主，橹桨为辅力，史载"轻便而易动，且坚固可驾远"，人们一次次远离家门，闯入茫茫的天风海涛之中，北抵著名的舟山渔场，南达台湾海峡南端，进行渔场远拓，开始了追逐鱼群的漫漫征途。

北上舟山渔场的捕捞作业，溯源应该是在明朝万历年间，明代崇武名士黄吾野曾写道："敲针冬钓坎门鱼"，这表明在明中晚期，崇武渔民就已转场赴浙江玉环、坎门、大陈岛一带渔场以纶系钩钓带鱼了。这些近水知鱼性的渔民，深知"鱼依四时之气而生，其至亦乘四时之气而至"的道理，不失鱼汛，冬赴舟山、春回福建捕捉带鱼一类的洄游鱼类。据光绪二十八年（1902年）《福建沿海图说》记载，崇武澳已有往浙江捕鱼大船六七十号；清同治年间，福建省在沈家门设立"八闽渔业公所"，协调处理东海渔船的生产及各种事务。后随着崇武"冬海"渔船不断增加，1913年在象山县石浦专门成立"崇武渔业公所"，崇武人经销鱼产品和组织渔需品供应的"栈房"，也由3家发展到10家。在整个舟山渔场中，崇武渔民被称为捕鱼能手，业绩骄人，涌现出许多优秀船老大。如：清末有周勃如、钱笱头、李猫；之后有李皮、李山东、卢妈赞；近代有詹乌株、詹江、张文奎、郑宝泉等。特别是李皮，靖江人，24年间，获闽浙两省舟山冬汛钓业生产评比第一名达18年，第二名4年，第三名2年，被浙方授予"渔民魁首"和"渔捞先导"称号，以"渔状元"誉扬闽浙渔业界。

二

初春的阳光照彻崇武600多年屹立着的古城墙，巍巍印刻着久远的伤痕，并将之隐忍地埋藏在时间深处，只有那垒砌的坚硬石头以不屈之身连接着古今悲欢，那存留的一道道城门，穿梭其中似乎就能将曲折轻描淡写，而后在青石小巷蜿蜒的目光中，抵达每一户家园。我是在"渔状元"李皮第四代侄孙李志煌的带领下，经东门到达位于靖江村新厝埕19号的李皮祖厝。这是一个典型的闽南红砖五间张古厝，布局严谨精巧，装饰精雕细刻，厅堂轩敞明亮，古建筑白的内敛，红的吉祥，透雕描金显得喜气，檐屋燕尾活泼美艳……无不为我们敞开着一扇充满温暖而古朴的记忆大门。这座占地600多平方米的大厝，最多可入住20多户，是1936年，李皮兄弟四人一起购地而建，在当时，可是了不起的一件大事！

凝视厝中李皮棱角分明、气度轩宇的照片，再看悬挂于入门与顶厅已斑驳深重的两块渔魁牌匾，我仿佛看到了当时喜讯传回家乡时，崇武众人仰慕道喜的神情；也仿佛看到了无数次海浪中他笃定的身影……沉思中，进来了一个老人，原来他是李皮大哥的孩子，今年已88岁高龄，说起往事，老人泪眼涟涟，也再度掀开久远的记忆——

李皮，字锦皮，出生于1887年，10岁就随父亲李目与叔父李兜上冬海船。海上条件艰苦，他吃苦耐劳，从小干活就敏捷伶俐，遇事用心学习，小小年纪就掌握了航海及捕捞的基本知识。父亲去世后，他被公推继任老大（船长），那时年仅28岁，是崇武老大中最年轻的一位。他在生产上既注意吸取前辈的经验，又精心钻研，善于创新；他熟记闽浙沿海的渔场、航线情况和潮汐变化，分析鱼情十分精准。特别是冬至过后至春节前后，天气严寒，外洋深水比较暖和，鱼群都游向北外深水区，李皮掌握这个规律，并结合具体的鱼情水色，加以灵活运用。在外洋风浪大，多数船只都停港的情况下，他靠胆色和船上人员的勇气，出外洋生产，所以年年捷报频传。

老人常听父亲提起，说叔叔李皮艺高人胆大，他海况判断好，水性好，总能根据水温判断鱼所藏的位置，起风时，别人的船往内海靠，他反而往外海走。渔民中俗话说："天神未动，海神先知。"他对大海极有感情，经常在海边摸索，探索"秋讨水深，冬讨水色"等原理；对于天气等民谚，他熟稔于心，如"正月十八暴，摇橹出，下帆倒""四月雷弹帆绳跑，五月雷弹断风吼""云现关公眉，大风随时来""东南没回西，三日又再来"等等，在实践中更是得心应手。有一回，冬汛返航即将抵达崇武港，却遇到暴风，船即触礁，命悬一线，而他正是凭着经验朝灯塔有光的方向快速转舵，而逃过一劫……他谦逊内敛，每每与人为善，乐于助人，开口遇人总说好，有好鱼况总是及时通知他船，因而赢得了众人的尊重。却不料，长期的海上辛劳，使他在1939年犯病，由于缺乏治疗条件，不久便憾别人世……

黄昏的夕阳缓缓地落在天井边的花草上，低描着一代渔人的缩影。交谈中得知，这个家族中还有一位渔民英雄，即李志煌的父亲（李皮孙子）：1976年5月28日，台湾海峡发生地震，崇武几十艘讨内海的舢板船正好归航，巨浪滔天，三米高的大浪把小舢板高高托起，又扔下谷底，海面惊心动魄！此时，李仲泰，这个30岁正值英年的汉子，他凭借熟练的驾驶技术，一边驾着小船冲上西沙堵，一边奋不顾身地扎入大海，一个又一个连拉带拽救人，他拼尽全气，当救上最后一人时，由于体力不支，就这样被大海吞噬……

三

两天的走访，让我对崇武的情感中更添了无尽的景仰。崇武人热情、真诚、耿直、信义，他们北闯舟山，南抵台湾，亦渔亦商，在数百年啸傲大洋的陶冶下，志高心远。无论时光如何淡远渔业重镇的光环，但永远不可抹去的是那撑起多少岁华的浪花。早在20个世纪30年代，崇武拥有大小渔业生产船只600多艘，每日总产量1000担左右，年总产量15至20万担。中街路、南山堆、中路头等地，夜以继日，皆堆鱼腥；鱼牙行挤挨并行，拥塞不通……大岞村与台湾梧栖港相距仅97里，一夜西风便可到达；台湾以东，琉球以西的渔场，遍布崇武人的足迹。民谣流传："大潮涨急小潮迟，上水鱼虾知节时。任是狂风吹蚱蜢，台澎金马作泾池……"1986年，"冬海"捕捞树高峰，那飘扬在东门城楼上的"独占渔魁"的一面面大红旗，依旧飘扬着崇武的荣光与神采！而今，历经改革开放的渔港经济，以多彩、平实、安逸谱写着新篇……

如果走进时间更深处，您会为崇武头目宫中无数"好兄弟"祈福，您会为"十二爷""十三连"燃香；您会投以崇武渔民尊敬的目光，将手抄流传的渔家"针簿"视为珍宝……唱不完、写不尽的渔歌呵，天生不爱倾诉苦难，它绕着崇武港，留下暮色的烟，草色的水，飘荡着人与大海的一往情深！

简梅，中国作家协会会员。作品散见于多家报刊。曾获第27、28届福建省优秀文学作品奖，福州市政府第二、三届"茉莉花文艺奖"，《福建日报》第九届"优秀新人奖"等。《随心点染》散文集，获2018年"读吧！福建"首届福建文学好书榜推荐图书。

海门关不住　渔歌绕云天

平潭，你好

◎ 王建干

平潭，接驳几千年的文明
和大洋的雄风，
窗外便是海天相接的故乡，
守着一方天地，
站成充盈青岚的参天大树。
我念叨她执着的情怀和辽阔的胸襟，
向天地，交一份石厝守候的安详，
交一份大海洗礼的激情澎湃，
交一份频繁远航的诗意想象，
面对生活，面对飞驰的群雕，
想象海坛岛在大陆架上自我的海拔。
千年岁月，磨砺了半洋石帆的传说，
东海仙境、君山、坛南湾、
南寨石景、一片瓦、海坛天神，
我们依旧难以忘怀。
如今，看见一排排风车站成风景，

清波上汉子击楫，一番深情厚谊。

今天，我们致敬跨海大桥，

致敬船夫住进高楼，谈天说地。

平潭，东方的圣托尼里，

等待归航的石厝，阵阵酒香，

孩儿嬉闹，妇女呼唤，

调和成一曲天然的绝响。

岚岛面朝大海，春暖花开。

岚岛征服大海的声音，回响苍穹。

祖国呵护的臂膀，温暖如春。

平潭人喜欢月夜下的安宁，

更喜欢在海浪声中鹰击长空。

我们不忘初心，牢记使命，

扬帆远航，再创海坛奇迹。

王建干，福建省作协会员，中国散文家协会会员。诗文散见于《福建日报》《海峡诗人》《中国新诗》《散文诗世界》等。诗作入选多种选本。著有《一瓣心香》等诗文集。

平潭，你好

平潭的海

◎ 沈世豪

一

你见过平潭的海吗？

那里的海很蓝、很蓝，人们称之为"平潭蓝"。如玉、如酒、如梦如幻，更像是尘凡洗净、惊艳绝世的仙境。那种强烈的震撼力、冲击力，才真正称得上令人心荡神摇！

原因何在？海天一色也。大海之蓝，源在于天。平潭的天空，特别明净、清澈，"众鸟高飞尽，孤云独去闲。"这里远离闹市，没有污染，即使天上偶然有几缕白云，也是悠然如不食人间烟火的神仙，衣袂飘飞，神态安然，于是，成就了那让人为之倾倒的蓝色。

我喜欢蓝色，尤其是大海之蓝，庄重、飘逸、深邃、浪漫，还有些许的神秘乃至诡异。曾经长期在南方山区生活，漫目树木蓊郁，莽莽苍苍，深绿如蓝，但山势巍峨、高耸，层峦叠嶂，悄然切割了天空的辽阔。海之蓝就不一样了。没有任何阻隔，伫立海滨，放眼望去，只要你眼力、心力好，望尽茫茫天涯之路也无妨！在平潭看海更是如此。

白乐天诗云："日出江花红胜火，春来江水绿如蓝。"此处的蓝是指蓝草，一种靛青色的染料。未见过这种草，但可以想象，绿往前迈一小步，就是蓝。绿的特点是春意融融，生命初绽时那一抹妩媚动人、纯真无瑕之色，春之绿向夏之蓝的悄然过渡，需要炙热的熔炼乃至焚烧，才能抵达深沉、厚重、成熟的蓝色境界。因此，蓝色，乃至苦苦修炼到垂青的结果。岁月如斯，千帆过尽，人生如海，

神奇的"平潭蓝"盖源于此吧！

蓝色的品类多，有浅蓝、灰蓝、深蓝、湛蓝、蔚蓝等等，浓浓淡淡、深深浅浅，其细微之差，恰如人的个性，千差万别矣！

久住厦门，开窗就可以看到涌到面前的海。厦门的海也是很美的，这里是内海，"城在海中，海在城里"，显得特别的温馨、宁静、优雅。如果和平潭的海比较，你就会惊讶地发现，同样的蓝色，于人的感觉迥然不同。

厦门的海，让人感觉的是舒适、满足、惬意。因此，生于斯的厦门人，喜欢守在大海之滨。慢条斯理地泡一壶很浓很浓的铁观音，把一个个平凡的日子泡在小小的杯子里，品一口，先是苦得发涩，接着，苦尽甘来，袅袅地飘溢开去，如驾起云头的神仙，阅尽芸芸众生的悲欢离合，人世间的烦恼、忧虑乃至不幸、苦难、悲剧仿佛全被滤尽了，于是，才有人生如茶的慨叹和醒悟。不要轻易苛责厦门人的"小岛意识"，他们的人生体味和理解，就像厦门的海，不温不火，更不声严厉色，是

习惯了，还是也首肯这种恬淡、悠闲的生活情调和方式。就像修炼得炉火纯青悠悠然进入蓝色境界的哲人，何过之有？

平潭的海，给人的感觉就不一样了。这里的海面上，依然有从遥远岁月深处摇来的古老渔船，酱色的风帆，如永不褪色的渔歌，船被漆成红蓝两种颜色，船头两侧，画着一对炯炯有神的眼睛，有点夸张，还有点时髦的动漫之风，是看尽风云变幻，还是展现闯海人不惧风浪的满腔豪气？只要你置身此地，心中就会油然升起搏击风云乘风破浪的渴望，尽管，你不是渔家，或许，也没有远航的经历，但那一片涌动的蓝色，却是如火焰，点燃起久蕴心中或许已经淡忘了的某种欲望。因此，平潭的海更多的是诱惑、是激励、是雄风猎猎的召唤、是点燃金戈铁马写春秋之澎湃激情的希冀，大概这也是平潭被时代选择为全国唯一对台特区的美学原因吧！

大海如摇篮，什么样的海就会"摇"什么样的人。

平潭人不仅善于在海上驾船，更令人惊叹的是，他们还擅长打隧道。游走于漆黑的地层深处，险象丛生，犹如在刀山剑树中行走，谈何容易！只有40多万人口的平潭，居然把全国70%以上的隧道工程尽收囊中，1100多支的隧道工程专业队，3万多从蓝色大海中"摇"出的平潭儿女，活跃在大江南北、长城内外，甚至打出国门，打出平潭人的气派。平潭是大陆离台湾最近的地方，距离台湾只有68海里。如今，平潭人正在酝酿，待条件成熟，在大海深处打出一条直通台湾的海底隧道，让北京开往台北的京台高铁，隆隆地穿过大海，多情地挽起海峡两岸同胞的臂膀，尽情地拥抱飘荡太久的那一片孤舟。世人热议"中国梦"，这才是此处大海中"摇"出来的令天下炎黄子孙望眼欲穿的蓝色之梦。

大海是有神性的。平潭的海更是如此。

二

到了平潭，你会感悟到，世上最伟大、最神奇、最富有创造力的艺术家，其实是大海。

平潭最驰名的海上风景是石牌洋。又称"帆船石"，两个巨石，并肩而立，一个高13米，一个高29米，犹如风帆，耸立海天之间，人们每天都可以在央视黄金时间的《清新福建》栏目里欣赏到其迷人的风采。类似的景致，我在台湾高雄的鹅銮鼻香蕉湾波涛汹涌的海面也曾经见过，那是一片巨石，高达50米，周围有40米，很像是一页升起的风帆，因此，也称"帆船石"。两个"帆船石"遥遥相对，如深情相望的兄弟俩，凝望太久，虽不见海枯石烂，却化为沉重如山的石雕了。

平潭的"帆船石"虽然没有鹅銮鼻的"帆船石"那么高，但是成双的，应了民俗"好事成双"的寓意，深得游客的喜爱。退潮时分，人们可以借助游船登上

石牌洋慢慢欣赏，耸立在蓝天碧海之中的巨石，细看，却是石质细腻，轻轻抚摸，颇有如触肌肤之感。是守望，还是期待？或许，是在默默地酝酿腹中的诗稿？巨石无言，任人们自由地

放牧想象之骏马。遥想之中，它们更像是两枚从天而落的印章，上面刻着什么呢？善解人意的上苍特地留白，任人们神思驰骋、自由选择。

平潭由126个岛屿702座礁岩组成，固有"百岛千礁"之美誉。堪称奇绝的海蚀现象，鬼斧神工，更是雕塑出数不清的奇景。人们曾这样评价平潭："海滨沙滩甲天下，海蚀地貌冠全球。"的确名不虚传。

漫步平潭，拭目而望，一座座礁岩，黝黑如铁铸，兀立海滨，造型千姿百态，最为惊心动魄的是，座座如刀砍斧劈，嶙峋峥嵘，石破天惊，很像是从千军万马厮杀的战场上奔突而来的壮士，虽血染战袍，浑身伤痕累累，伤筋动骨，但依然气势轩昂、心雄胆壮，巍然而立。涛声阵阵如雷，莫非是其生生不息的呼吸乃至惊天动地的呐喊？

这种奇景是怎么形成的？是经过熊熊天火的焚烧，礁岩突然崩裂，才形成如此的模样；还是大海历经千万年而"咬"出来的？我始终无法忘怀著名散文作家杨朔在《雪浪花》一文中写海边礁石的一段妙文：

礁石硬得跟铁差不多，怎么会变成这样子？是天生的，还是錾子凿的，还是怎的？

"是叫浪花咬的，"一个欢乐的声音从背后插进来。说话的人是个上年纪的渔民，从刚扰岸的渔船跨下来，脱下黄油布衣裤，从从容容晾到礁石上。

一个普通的"咬"字，用在此处，堪称是点睛之笔！不过，平潭的大海要"咬"出数百座极具审美价值的风景，何其容易！有史可查，平潭有7000年历史，但要"咬"出如此之多的景致，或许，这点时间还远远不够。因此，每一座礁岩不仅是一座铮铮然神韵独具的作品，更是岁月的见证和不凋的记忆。里面蕴含着多少等待后人破译的密码？试问大海，无语。

大海雄奇壮阔、威力无穷，但并不乏脉脉温情。海蚀现象中的另一类景致，与苍凉、沉郁、骨质铮铮的礁岩相反，呈现出细腻、温婉的风格。这类海蚀奇景同样很多，有的幻化出活灵活现的鲤鱼，有的则幻化出巨大的眼睛，有的幻化为夸张的鹅蛋，有的幻化成亭亭玉立的石笋等等，这些奇特的婆娑风景，依稀是被一双情意绵绵的手，长年累月抚摸出来的。温情之力量，同样惊天地、泣鬼神！

古人咏《罗琴山》诗云："三尺丝桐月夜弹，一声清响落空山。"仙翁难觅知音，只好抱琴到该山独自弹奏，然后骑鹤而去。我想，仙翁如果到了这里，情形就会大不一样了。这里的石头不仅会唱歌，而且会说话，侧耳聆听，声声入耳入心，岂不让人怦然心动！

三

有海往往就有沙滩，平潭亦是。

平潭沙滩多，浑然天成，不是如一般沙滩那样，呈金黄色，而是晶莹洁白，均匀纯净，不含一丝芜杂。大浪淘沙，淘尽了

地老天荒，也淘尽了世俗中的晦暗、

阴霾，还天地一片纯洁无瑕吗？

置身在一览无余的这片银白色沙滩上，你会想起什么呢？一位诗人曾经唱道："沙是一群不穿衣服的孩子。沙是流浪。是渴死的水。沙滩是浪游者的家园。"在我的感觉中，沙是古老的，它更像是记载沧海桑田岁月变迁的浩瀚典籍，"一粒沙中见世界，半瓣花上说人情。"曾被誉为文学创作的经典之一，如此的沙滩，阅尽碧水十万顷，莫非，是挑战天下莘莘学子的学识和智慧吗？

行走在沙滩上，最好是赤着脚，渐行渐远，你会感到温暖、柔软，油然产生一种旷远迷离的感觉。这里沙滩不是"平沙万里绝人烟"荒凉寂寞的沙漠，游人如织，最兴奋的那些喜欢玩沙天真可爱的小孩。沙滩在他们的心目中，是童话、神话，可以邀来阿童木、哆啦Ａ梦还有神通广大的机器人在这里一起嬉戏、分享他们快乐的天堂。

走到这里，你虽然无法走进小孩的世界，但却可以走进浪漫的风，浩瀚的海，走进水蓝沙白的画图里，看潮起潮落、云起云飞、空明澄澈，怎能不令人荣辱皆忘！

沙滩连接大海，系起大海。沙滩是平静的，大海是涌动的，一静一动，正好构成对比强烈的风景。人生需要过渡，从少年走向青年，有一段充满幻想甚至叛逆的青涩时期，就是过渡。季节需要过渡，从春天到夏天，乍暖还寒的时节就是过渡。大海同样如此，沙滩就是陆地到大海的过渡。没有沙滩的大海，总是让人感到突兀，仿佛缺少了某种难以言说的风情。大海风云变幻无穷，有时，她娴静，如诗人所描绘的，恰似倚在门前，无比慈祥地等待远方归来孩子的母亲；有时，风高浪急，惊涛裂岸，辽阔的海面上，犹有万马奔驰，壮阔、狂放，令天地为之震撼、惊骇不已。而绵绵的沙滩却如参尽天地玄机的哲人，始终默默地守护心中亘古不变的信仰。或许，正因为如此，人们爱海，也酷爱沙滩。

蔚蓝色的大海，同样需要精心呵护，沙滩就是呵护大海最好的屏障。有了宽阔的沙滩，大海远离污染，海水更为纯净，更为迷人。平潭的大海之美，梦一样的沙滩功不可没。

如果说，大海是生命的摇篮，这一片片梦一般的沙滩，就是人们梦想的摇篮。孩子们在这里可以梦想春天的鲜花朵朵会竖起耳朵听他们歌唱，梦想海里的白海豚会游上岸来和他们一起玩沙子。携着情侣的年轻人，更可以梦想婚礼殿堂的神圣和醉人的甜蜜，甚至梦想未来幸福生活的绚丽和浪漫。老年人呢？则可以在这里悄然沐浴夕阳的璀璨，梦想生命的朝阳同样升起在他们的心头。

在茫茫人海里，每一个人都像一粒沙子，朴实、平凡，但他们集聚在一起，就形成风光同样壮丽无比的沙滩。

四

渔村，大海忠实的守望者。

平潭的渔村独具一格。不是闽南常见的那种红砖厝，屋顶也不见燕翅式的翘角，而是朴实坚固的石头厝，即石头房子，俗称离岛古民居。银灰色的花岗石，被风雨、潮气濡染成偏灰色乃至浅黑色，为了防止瓦片被风刮走，屋顶上皆压着一行行排列整齐的石头，给人苍茫、古朴之感。栉风沐雨，典型而独特的古老渔村建筑，如特殊的文化符号，特别耐人回味。

北港，平潭典型的渔村。

村庄建在临海的山坡上。村子不大，只有数十户人家。小径曲曲折折，高高低低，系起座座民居。时光无情，居然把这些古民居剥蚀成一脸沧桑的老人。有的墙壁上爬满了生命力极强的绿篱，无声，依稀默默地陪伴着主人的喜怒哀乐。这里风大，有些民居的外墙，斑驳陆离，四周杂草横斜，或许早就忘却岁月的流逝了。不见心灵手巧忙于织网的渔家女，更不见性格粗犷彪悍的打鱼汉子。绝大部分的民居，全是空荡荡的，全村只剩下一户人家，住在新建的一幢精致的西式别墅里。

他们走了，像中国的绝大多数农村的农民一样，都一窝蜂般地涌到城里去"淘金"了，人满为患的城市，能够有他们的一席之地吗？他们离开了故乡的根，会成为"挂在墙上的一族"吗？他们还会回到曾经养育了他们的这片祖地吗？他们怎么会忍心离开门前这片谂熟而多情的大海呢？问风、问海、问这些几乎被无情抛弃的石头厝，都寻找不到任何答案。

瞬息万变的时代，创造许多了人间神话，也无情地湮灭了不少堪称经典的神话。

只有古老的渔村，依然坚如磐石般执行着守望者的天职。

应当感谢两年多以前率领500多优秀干部到平潭挂职的领头人陆永建先生，他是卓有成就的作家、摄影家、书法家，他敏锐地发现几乎被废弃的北港渔村的价值，经过不懈的努力，对这些被遗弃的古民居重新进行了整修，使之焕然成为福建省作家协会、摄影家协会、书法家协会、画院等文学艺术部门的创作基地。于是，作家、摄影家、书法家、画家以及他们的弟子、粉丝等源源不绝地来到这里。北港渔村终于重新焕发青春，一个现代神话——文学艺术的神话在这里呱呱落地。

北港渔村涅槃了。北港渔村在摇曳多姿的艺术世界里获得新生。

那些为中国农村和农民命运焦急、担忧的人们，或许可以从这里得到某些安慰。

根在，就会有新芽萌发，就会有新的希望。

有点遗憾，我不是画家。此地的离岛民居最适宜入画。最好是选择浓墨重彩且特别具有造型力、冲击力的油画，让北港渔村在瑰丽的艺术天地里得到永生。

如今游客趋之若鹜的周庄，最早得益于一位画家的发现，北港渔村有如此的幸运吗？

五

碧水融融的海面，波平如镜。

平潭的海是外海。此地的海有多深？民俗曰："天有多高，海就有多深。"当然，这是形容大海同样深不可测。其实，大海比天空容易探测多了。经过专家的精心探测，人们惊奇地发现：平潭的海面下，有大量的沉船。更为奇怪的是，这些沉船居然按照年代的顺序，从五代开始，唐朝、宋朝、元朝、明朝、清朝，形成相对完整的沉船系列。

是蛰伏在大海深处，等待时机，浮出水面，准备继续远航的船队吗？

平潭的海岸线长达408千米，暗礁林立，水道蜿蜒，形成的海坛海峡，是当年海上丝绸之路的必经之地。长达一千多年的历史，沉淀在大海深处了。这是价值无限的水下博物馆。因此，2013年，海坛海峡水下遗址被评为第七批国家重点文物保护单位，这是目前为止我国大陆沿海第一个国家级重点水下文化遗产保护区。

大海深处埋藏着什么呢？

是否有如近年在江西南昌附近发现的西汉时期的海昏侯墓那样，不仅有大量价值连城的文物，还有可以用一个个箩筐装的大批马蹄金以及珍贵的玉器，让人们叹为观止。切莫小看重大的考古发现，那不仅是现实与历史的神奇对话，还可能是改写历史的神来之笔！蓝色的帷幕徐徐开启，撩起层层面纱，看不尽的奇景乃至瑰宝珍奇扑面来。

一千多年来，途径平潭的海上丝绸之路的旅程中沉过多少船？数不清了。一艘沉船就是一座水下古墓。鲜活的生命在这里悲哀地戛然终止，神秘而厚重的历史却在这里继续旅行，任浪激水淹，岿然不动。是恪守以不变应万变的古训吗？

沉睡千百年，该是醒过来重见天日的时候了。

平潭首开水下考古记录的是2005年，那一年发现"碗礁一号"清代沉船。经过发掘，发现了大量的青釉的碗、碟、盏盘等等。人们发现，这些瓷器的内底和圆足足端，可见一周泥条或泥点支钉痕迹，可见当时采用的装烧方法为支点叠烧。先人的聪明和创造，让人惊叹。瓷器曾是中国的代表和骄傲，杜甫诗云："君家白碗胜霜雪，急送茅斋也可怜。"此处的可怜为可爱之意。或许，这只是水下发现的小小的序曲，如沉默太久的音符，终于穿透深渊，飘飞到人们的耳畔了。

还有比瓷器更为重要的发现吗？昔日的海上丝绸之路，千帆竞发，"一叶高悬浪拍天，孤迎红日孰争先。"何等气派！海上风云变幻莫测，发生沉船悲剧在所难免，他们被滚滚滔滔的大海无情地收藏了，化为一个个谜，虽然，遗憾地无法进入彪炳的史册，却见证了无比厚重、沧桑的历史。

水下沉船探测和发掘，比陆上复杂和艰难多了。当现代科学技术尚不具备有关条件的时候，睿智的专家认为，就让这些沉船继续安眠在大海的怀抱里吧，不要惊动它们，就像不要惊动水下的精灵一样。宽容的人们，要懂得尊重乃至崇拜它们，这同样是文明的标志。

人类是好奇的，但并非皆要揭开历史长河中所有神秘乃至诡异的真相。

大海，蔚蓝色的土地，可耕种、收获，更需要精心呵护、保护。

沈世豪，1944年10月10日出生，福建浦城人。1968年毕业于厦门大学中文系。中国作家协会会员。长期在高校任教、任职。曾任江西师范大学中文系副主任、教授，厦门教育学院副院长、教授。有25部专著和长篇作品正式出版。系享受国务院颁发的政府特殊津贴的有突出贡献的专家、福建省优秀专家、厦门市拔尖技术人才、全国优秀教师，全国第四届"五个一工程奖"、第十一届中国图书奖、全国第五届青年读物一等奖和二等奖等全国奖的获得者。散文《泰山一片月》曾选入北京语文出版社出版的全国七年级语文读本（上册）。还有多篇作品被选入省编中小学语文教材。

诗三首

◎ 梁 征

平潭,我吉祥的麒麟

在八闽东方麒麟状的板块上
启明星向淡青色天宇打出灼亮的信号
火红的啼唤从海岛的上空悄然回响
墨绿墨绿的东海在不安地躁动
海鸥　在龙凤头沙滩捧起沽白的浪花
晨霞　在海平线上铺开玫瑰花的襁褓

迎着湿浪飞溅登上高高的君山
穿越壳丘头七千年历史而来的眸子
让饱经沧桑的泪珠
噙含着一颗颗永恒灼热的太阳
一根坐标　静静矗立在时空的零点上
像一个赤足裸胸的年轻渔父
来把一个属于我自己的生命　拥抱

有一种潮动特别大气
挟带崇高和辽远的季风
所有的脉管里　总有闽江船只的号角
总有左海母亲河的涛声
在飞沙的呼啸和掀浪的风中
一代代商旅之船穿峡而过
宋元的青瓷　明清的茶谣
悠扬成远古的鸟语花香

在喧闹和历险中
郑和的船队浩浩荡荡驶过
还有阿波丸号和数不清的沉船
让你找到一个躁动与神秘的侧面
赋予我今生使命的沉重和辉煌
在长久的磨难中
把梦用年轻推向天际
把年轻用梦滋润得水声潺潺

一个古老的传说
一个炫目的童话
一个湛蓝的梦想
一只吉祥奔跑的麒麟

站在历史和风的衔接点上

历史以沉默在喊

千年征程走不出一个季节

生命缓慢的种植

没有逾越的翅膀

太阳疲惫的关注

有如中世纪一场严酷的洗礼

亮起一千道撼天的超然神韵

在黄昏的雨后　　拯救我的海坛天神

图腾在雄心　　立马八闽

升腾的苍魂　　展翅东海

我在跨海之桥与你相握

踏着冷冷的激动　　一步数千年

这场爆响的雷其实很庄严

麒麟无须企盼命名的含义

屹立两岸　　应当耸立那颈的亮色

气贯长虹　　心若孤鹜

东风感觉到马蹄的达达

灵魂悬在天空　　寂静没有回声

一如崭新的感觉和类似痛苦的幸福

黎明的海潮　　缝合了所有伤口

洋洋石帆　茕茕无字碑

擎活了千年的梦想

麒麟躯体之中燃烧的火焰

带着那一汪清亮亮红灿灿的鲜血

把金色之光谱浩造荡荡向整个苍穹放射

距离被穿越成了碎片

万心指向前方

瞬间在耀眼中退为遥遥的历史

无边际的辽阔　铺开恢宏的胸怀

使沉重的躯体　飞出空前的姿态

无停顿地超越　无遮拦地奔突

任意一个角度　都是伟大的艺术

仙人井　那守望者的足痕

踏亮我　东海仙境的家园

春天里　凝重的家谱

还需要我们扬帆而歌

扬帆　携紧我的微笑

桨声　敲出三月的异香

深爱你无拘无束的风度

陶醉你未被平淡的兴奋

轻吟你人间情感的四月天

体验你仲夏夜美好的深沉

翘望你巍然的隘口不断耸起的日轮

棕色的黎明　　冷月独语

平潭岛的一切都在阴影中变绿

我从牧歌声中抚摸

近处　　撩人的木麻黄的松针

苍老的相思树树丫被岁月雕刻

黄花遍野　　沁香满面

仿佛我们曾经相约在下一个

晴朗的午后

让梦想和坚毅举行隆重的婚礼

然后　　耳鬓厮磨青春做伴

然后　　生儿育女子孙满堂

然后　　乘着春天的帆

驶往幸福吉祥的港湾

海坛天神

海坛天神的清晨涂着生命的色彩

沙滩上脚印瞬息即逝

我独自行走　　昨天的记忆

已被潮汐的柔情与暴戾撕碎

痴情的我又扮演虔诚的信徒
一个膜拜旺盛生命力的男人
朝阳升起幻化出崭新的时刻
不仅仅是等待　我发狂似的
扑向涌来的潮水

矜持　心猿　意马　放歌
一种从没有过的满足
颠簸于潮头之上
哦　我突然发现
我原本是海的儿子
远方空空蒙蒙
这深沉而又旷远的世界
只属于我　属于我的感应

海坛之神
此刻也许神秘
但并不威严　虔诚的我依然虔诚
悟性就要雄起　犹如
生命的两脚规　画出
一个崭新昂贵的圆……

泮洋石帆

当暮色轻轻落在肩头
岸边依然有人行走
这一刻你的誓言在那片晚霞中驻足
成为岁月的牌坊
我依然望着你雄性的沉默
橘红色憧憬的梦
自灵魂深处缓缓踱来

这　仅仅是相视
日子虽然漫长
但终将有人为诱惑吹响了螺号
而在潮落时节
我望着你沉寂的目光
似乎正领悟了什么

潮为了一些原始的情绪而退
浪忙着为礁石种植挽歌
风穿过飞鸟的翅膀
夕阳穿着美人鱼时尚的霓裳
在我寂静心空

向左向右不停地荡漾

没有碑文却有震撼世人的传说
黄昏坠落后也不该由夜雨长长地朗读
缘着目光上升成仰望的雕塑
夕阳斟红了又一个夜晚
我的人生又一次惬意地晕眩
一种血脉的春日　唤醒水手的狂傲

于是　在地平线的这一端
我道一声珍重
你回眸绽开笑意
八面来风　北斗璀璨
生动着故事的情节
既然扬起风帆
涛声就该伴你走向天涯

就这样扬起帆
桅杆脉管里涌动着激情
让智慧和勇敢的双足
化为横渡辽远的坚船

就这样扬起帆

一种超越　一种解脱
一种浪漫的自由生涯
在余霞散绮的期待中
起航　起航

梁征，1959年生。作品散见于国内各级报刊，并入选多种选本。出版有诗集《寻找雪峰》《木兰春涨》等。

岛上的教堂

◎ 苏　忠

岛上的教堂

那是教堂，尖尖的一根针，穿过天堂，把孩子的心思缝在一起，将弥撒曲放飞，那是握在手里的风筝，它渐行渐远。

那是母亲，在人间，小小的心眼，长长的脐带，有爱的孩子在天堂。

母亲啊，你老眼昏花，能默诵圣经。

村里的暮色

村里的公鸡，母鸡，和鸭子，都各玩各的，平时并不往来。偶尔也磕磕绊绊混了整天，鸡毛蒜皮，拉拉扯扯。天黑时，也记得回家的路。

有时里一两只落单，去了邻村，过了山沟，在野外，只要主人远远一喊，都能把暮色分成东西南北，流浪的狗儿默不作声跟着。

到对岸去

那时天空很低,低到了背影之后。我们走在夜色的蓝外套里,周围有许多萤火虫,远山像大大小小小的草垛,河水在前头哗哗牵引着,月亮弯成了小舢板,星星像鱼儿的眼睛在窥视,我们要到对岸去。

公鸡打鸣了,天亮了,远山仰起刮得发青的下巴,月牙儿也愈行愈淡。许多人许多事都将大白于天下,我们似乎到了河中央,也有人说还是原地打转,在摹写与被摹写中,前与后都是湍流。

鞋子湿了,裤管儿一高一低,而对岸,已消失在眼球的背面。

溪水的手语

比鸟鸣持重的,是夏的果实,在绿的静止处,我看见深深浅浅的笑。

生怕它们惊起,随鸟儿飞远。

只有阳光不慌不忙,一层层涂抹着午后,涂抹着郊野,风微微,淡的就鸟鸣,浓的就果子。

溪水潺潺,是一条白色的胳膊,打着手语。

父亲的墓碑

走完六十九个台阶,父亲,你放下刚刚煮好的米粥,放下新买的带着绿叶的杨梅,放下才盘点好的柴米油盐账,收拾起那个公鸡打鸣的清晨,走出石头老屋,走过你熟悉的羊肠小道,拐进一扇陌生的永不透明的玻璃门。

驼背的影子总是弯着,谦卑的脸上赔着笑,年轮的皱褶鸵鸟般抱头。你在阴晴不定的天光下蹒跚,你和蚂蚁一样碌碌无为,你狼狈地活着像一头疲惫的老牛,你世俗,你蝇营狗苟,却没有用一潭湖水来掩饰泥沼。

在天国的初夏,你是走家串户的推销员,墓碑是你的名片,正反面都刻有方块字,那些电话号码还是旧的,名头也没更新,地址似乎也被汗水浸湿。上帝的指头,或许夹起,瞄了眼,搁在桌边,然后,眼睑不抬说晓得了。

你端起一头白发,俯身赔笑,毕恭毕敬地退出。似乎还知道,我远远望着,腰杆挺了挺。

苏忠,福建连江人,中国作家协会会员,中国散文学会会员,中国文化管理协会理事,北京城市发展研究院特约研究员,出版长篇小说、随笔集、诗集、散文诗集等9部,作品发表于《诗刊》《十月》《花城》《人民文学》《民族文学》《作家》《中国作家》《北京文学》《青年文学》等刊物,诗作曾被翻译成蒙文、藏文、维吾尔文、朝鲜文、哈萨克文等发表。

世界终究是沉默的（组诗）

◎ 王祥康

火车就要开了

依然站在原地　左顾右盼
简单的行李从左手换到右手
"你还没为春天打下欠条"
一阵风扑进怀里
顺带卷起一张纸　皱巴巴的
担心它就是到达下一站的车票
接车的那个人在吗？

火车就要开走了
一些走失多年的东西似乎聚拢过来
行李越来越沉　从右手再到左手
他的眼睛越发迷茫
像在推测下一个春天的模样

火车也在犹豫不决

站台上所有的脚步犹豫不决

玩沙漏的人

轻易掌控时间　玩沙漏的人

痴迷时间的掐口　像蛇的腰身

蛇信子藏在谁的体内

鳞片纷纷脱下

玩沙漏的人越玩越心惊肉跳

他摸遍自己的身体　只抓出

一撮污垢　几丝迷茫

沙子与人如此不同

它干净　发出嘶嘶的响声

他沉默　屏住呼吸

谁在玩谁？

看到沙漏逐渐小去的上端

他感觉脑袋空空　像中了蛇毒

或者魔法　急忙翻转沙漏

好像回到年轻　刚呼出一口气

很快又堆积上年龄

他惊愕——

被透明玻璃抛洒到地面的一粒沙

被时间排出时间之外

世界终究是沉默的

让神说出　事物内部
无限的空间和时间
我开口说出的
只是身体里短暂的爱和疼痛
抬头　一片树叶飘落
刚好砸在我说出的话上
时光枯黄　另一片还在半空
驮着夕阳在飘

世界苍茫
只有神清醒着对我耳语
舌头打结了　我吞下后半句话
突然开阔的空间里
滴答作响的时间带着我的宿命
回到不言不语的年轮里

纸　船

童年折纸　想折出风浪

纸船一次又一次被父亲撕毁

中年造船找不到港湾

年龄一大就有飘摇的感觉

现在　我就是一张纸

被很多人折了又折

血还有　发动机还在响

突突作响的海平面

前途不多　旧时光缥缈不定

坐在纸船上的那个人

早已沉没　沸腾的水载走

谁的远　人生漫长

浮尘成了岸　谁的远都在心里

造船厂紧挨着父亲的海

荡过来是童年

荡过去是晚钟祈祷的伤感

海上落日

一张疲惫的脸庞

她即将死去

即将带着胎儿　死去

我没有看过这么多

破碎的心　起伏　颤动
荡漾着一点点的情绪

她掏出越来越圆的心脏
掏出虚拟的光泽
最后一支箭　掏出
这个世界　所有的黑暗

这么多人　替她
流完自己的血
大海渐渐失去话语
只剩下辽阔的苍茫　在我心里
一波又一波地　喘息

　　王祥康，1964年生于太姥山下。1984年开始在《诗刊》《星星》《新大陆》《创世纪》等海内外报刊发表诗作，出版诗集《夜风铃》《纸上家园》。现供职于福鼎市文联，兼任《太姥山》杂志主编。

世界终究是沉默的（组诗）

石厝往来

◎ 林 焱

早先关于平潭的印象，都得之于舅舅。我舅舅李文晶毕业于福建人民革命大学，然后到平潭当中学校长，回福州时总带着一支手枪。所以，我小时候的伟大志向就是到平潭去当老师——发手枪而且配子弹，这最重要，其余还能遇上各种让人激动的事，诸如乘船渡大海、巡逻抓"特务"、九十九级台风、一百间石头厝等等。后来才明白，台风没有九十九级，石头厝不只一百间。

近年到平潭，才算真的接近了石头厝。每一次，都试图走进里屋，最好把门与窗掩上，感受穴居般的存在。有限的地瓜、地瓜米、地瓜粉，无限的是暗黑与海风呼啸。世世代代传续，练就了此地民众与石头可相媲比的坚强。战备年月，平潭人经历了更多的磨难与磨炼。据资料记述，面积379余平方公里平潭岛，修建战备防空洞2000多条。所以，到了改革开放的新时期，仅占全国万分之一的人口，竟然承揽全国80%的隧道工程。有一句谐谑并带有敬畏之情的话说："住在洞里的人，会打洞。"

前年，联合国机构对平潭进行了生态城市的评估，石头厝也是评估项目。物质存在形态是一种可贵的遗产，岛民的生存方式与生存毅力是更可贵的精神遗产。我们到流水镇，看过山门前村、北港村、君山后村。干部们对于乡镇建设与前景的讲述，村民们对家山的守护，透露出坚毅而乐观的精神。他们展望平潭实验区的发展前景，预期文化产业、旅游产业发展，我听着忽然觉得有点像品尝平潭美食"八珍炒糕"的滋味。平潭地里只能种地瓜，当地人历练出地瓜的各种食用手法，"炒糕"就是其一，炒的就是地瓜粉而已。现在日子过得好了，地瓜粉加上虾仁、肉丁、蟹黄、鱼片、黄花菜、葱花……成了"八珍炒糕"，还有人给取个洋气艺名叫"平潭比萨"。本来是艰难环境中穴居式的石头厝，现在加上文化"八珍"，打造成非常具有文化内涵的、非常吸引游客的一个项目，用时尚的话语可以称为"华丽转身"或"炫耀升华"。

林焱，1946年生，福建福州人。著有《掌握语言的赢家》《百年风流——20世纪中国文学与国民性变迁》等。文学创作、评论多次获国家级、省级奖项。

大海襟怀

◎ 许怀中

在这仲夏时节,我们乘坐的汽车疾驶过平潭海峡大桥,已无等待轮渡的费时,过这座跨海势如长虹的大桥时,心情久久不能平静。

平潭有个好听的简称,叫"岚"。它和海洋结缘。俗称海坛,亦称海山,原来是我省第一大岛,全国第5大岛。海上有这么一个神奇的"坛"。这个"坛"是海洋文化体现最突出的地区之一,也是福建海洋文化具有代表性的区域之一。

平潭平原镇南垄村的壳丘头遗址,是福建迄今发现最早的新石器时代遗址,也是国内最久远颇具典型性和代表性的海湾型贝丘遗址。它所挖掘出来的文物,特别是贝壳的堆积层,直接告诉我们,海岛先民所从事的劳作,是"海为田",向海索取食物。壳丘头遗址揭示平潭的古文明是由海洋来谱写序篇的。

平潭渔业发展,从新石器时期到唐宋年间为原始狩捕阶段;从元朝至1949年,为渔业形成的雏形阶段;1949年至20世纪70年代中期,为渔业初具规模阶段。20世纪90年代中期至今天为产业转型阶段。此外,为平潭的旅游文化赋以独特的地方色彩。石牌洋、海坛天神、仙人井、龙凤头沙滩、坛南湾等景点，都离不开海洋的铸造，如沙雕、沙滩文化节，是富有地方色彩的海洋文化活动成果的展示。

历史上岚台贸易交流相当频繁，两地之间交流源远流长。平潭五福庙宇的结构，香火牌位设置及大殿门楣背后所挂，与台南、新竹等地的城隍庙十分相似，成为岚台两地交往的重要佐证。乾隆初年，在澎湖的平潭班兵为了解决多种生活难题，以祀神名义筹措资金，在马公岛现在澎湖医院之东侧建起伙馆庙，称为"海坛馆"，除了祭祀，还可为班兵调差的落脚点。主要奉祀"软身妈祖"和由海坛移请来的海山城隍。妈祖文化的信奉，也是平潭与台湾老百姓共同信仰。此外，平潭民间文艺形式多样，内容丰富，其中不乏在两岸曾风行一时的，如藤牌操、鼓吹等，都是闽台两地文化交流的重要内容。平潭与台湾关系密切。清代咸丰年间，平潭已成为福建对台贸易的重要口岸。还体现在1979年1月平潭建立的"台湾渔民接待站"。1981年，平潭澳前镇观音澳正式辟为台轮停泊点。东甲岛也一度成为台轮聚集地。平潭南海南中村，20世纪80年代台轮云集。1983年至1986年先后成立了"平顺贸公司""海坛通商行"。现在台北市信义路平潭同乡会会馆便建起"八闽东府"演奏乡土音乐等。

有人曾从不同角度概括过平潭精神：如刚毅、包容、豪迈、拼搏等。平潭人被外界称为"海山哥"——顾全大局、勤劳勇敢、古道热肠、坦诚率真、乐群好客、坚忍不拔、敢为人先。《平潭县志》载:"嘉靖丙辰三十五年正月,倭寇来袭,为官军败去。"在民族英雄戚继光的率领下,平潭人抗倭的历史深留民心,连平潭特色小吃在命名上,都和抗倭相关联。如平潭粿,名为"时来运转",寓意戚家军打败倭寇,百姓运转;平潭茹粉,名曰"一团和气",寓意君民亲如一家;平潭甜饺,叫作"天长地久",意即驱除倭寇,百姓安居乐业。

平潭人自古搏击于风口浪尖,海洋文化造就平潭人勇往直前的攻坚精神。这些年航运业成为海岛又一支柱产业,平潭航运遍布全球诸港,总运力达900万吨,居全国县市第一。

打隧道是攻坚事业,敢于攻坚充分体现平潭的精神。如今平潭人的隧道产业总量占全国80%左右,工程项目遍布多国多省市。平潭精神还突出表现在"敢为天下先"的精神,"敢开顶风船,敢闯千层浪"。如今平潭成为对台交流合作的"综合实验区",时代赋予平潭"先行先试"的政策,正好发挥平潭的敢为人先的精神。

现在的平潭处在大开放、大开发、大时代的洪流中,平潭精神演化为"综合实验区"建设的"平潭速度""平潭质量""平潭模式",融入海西经济区建设浪潮中,为构建"两岸同胞共同家园"扬帆前行……

许怀中,1929年生,福建仙游人。1952年毕业于厦门大学中文系。曾任厦门大学教授、学报副主编,中共福建省委宣传部副部长,福建省文化厅厅长,福建省文联主席,西安交通大学中文系兼职教授，福建省炎黄文化研究会副会长。中国作家协会会员。著有学术专著《鲁迅与文艺批评》《鲁迅创作思想的辩证法》《鲁迅与中国古典小说》《鲁迅与文艺思潮流派》《美的心灵历程——中国现代小说发展中的一条轨迹》《中国现代小说理论批评的变迁》《中国现代文学史研究史论》，散文集《秋色满山楼》《年年今夜》《许怀中散文新作选》《芬芳岁月》《月色撩人》《月满西楼》《放情婺州》等。

平潭漫笔

◎ 郭　风

土　地

平潭的土地，作为一座海岛的覆盖层，从表面看来，它是硗薄的，岛上到处是裸露的岩石，村落附近，可耕面积很小。但是同时，我又深深地感到它满怀着一种力量和信念。我到平潭后不久，便从这里感受到、或说分享到一种愉快，一种在这土地上，人对于自然力的抗争和运用自然力中得以施展才智的愉快。

到平潭的第二天，我那位任平潭县委书记的友人老潘同志，便带我到幸福洋垦区去。这里离城关八公里，西、南临海。在天气清和的时刻，海展示着它的胸怀的大度，让人感受得到它那老人般慈祥的微笑。但我觉得，不管是它在暴风雨中咆哮的时刻，抑或是它处于心平气和的时刻，海更多的是展示着一种伟大的气概。在幸福洋垦区，我看到一片以人的力量造出的土地，它连接着大海。更确切地讲，幸福洋垦区本来就是大海的一部分，它原来是一片浅海和含着浓重咸味的滩涂。在涨潮的时刻，海浪有节奏地冲击着滩涂，随后淹没了滩涂，在退潮的时刻，整个滩涂和浅海部分都裸露出来，有如一片茫茫的沼泽地带。现在，它是一片人造的土地。这一片人民的力量新造的土地，正向我展示一种气概；这种气，和大海所展示的气概互相呼应、默契，正在做心灵的对语……

幸福洋垦区新造的土地面积为一万零五百亩，有七平方公里。我看见木麻黄的防风沙林带，有如一座绿色的、会在风中摇动的城墙一般，屹立于新土地的边缘。在新垦的土地上，建筑了占地六千三百多亩的八座养殖湖，用以养殖东方对虾。有八条总共长达一万四千余米的海堤，把一座一座的养殖湖互相隔开，有十七座进、排水闸门。老潘同志告诉我，这项工程，由于有驻在岛上的解放军的支持，包括人力和机械力量，全部工程实际上只用了两年时间。我站在海堤上，面对碧绿的大海，在心中设想：当进水闸门缓缓被吊起，海水滚滚涌进来，这新造的土地登时出现八座水波粼粼的、浩瀚的湖，其气概和声势一定是可观的。但是，我来时已是十二月，对虾已经全部从湖中捕捞起来，在我面前展示着的，是已经排水的湖，见到的是十分平坦的、浩瀚的、黄色细沙铺成的湖底的土地。垦区的工人正在这湖底的土地上开挖新的供水系统，新的进水渠道……待明年春暖时节，待养虾季节到来时，这时将重新灌进海水，出现一座一座的湖。

我需要重复记下我的印象：在这里，我深深感到土地怀着一种力量和信念。

湖

对于乡土之爱，乃是一种人之常情，这种感情，往往从人们心中自然、朴素地流露出来。平潭民间流传一首只有两句的民谣，它实际表达了人民赞美乡土之情。民谣说：平潭"岛外有岛，岛中有湖"。

平潭的主岛曰海坛岛，其周围有一百一十余座大小岛屿。还有许多巨大的礁石，十分美丽、壮观，例如岛西南面海上，有两块巨石立于海水之中，如石碑，又如石帆。至于所谓岛中有湖，指的是岛之中部有一座福建省最大的淡水湖。此湖在地图上称三十六蛟湖，而群众称它为三十六脚湖。我觉得后者的称谓，通俗而又朴实，是一种真正的"群众语言"。

说起三十六脚湖，它应该算是岛上的名胜。我觉得它朴素无华，自从天造地设以来，便一直保持这种自然状态。我没有作湖上游。我站在湖岸上，深深感到它有一种使我感动的素质；它的外观和海坛岛上的丘冈和土地如此协调，而同样具有一种内在的坚强的性格之美。这三十六脚湖，可以说环湖都是裸露的，灰黑色的石峰、石峦、石崖。这些岩石和峰峦，其状千差万别，但都显得石骨嶙峋，坚定不倚。那岩石与岩石之间，几乎没有泥土，几乎一棵树也不能自然生长出来。那好不容易长出来的几棵树，忍受着赤裸和贫瘠，顽强地站立在那里，给人以无穷的联想。

三十六脚湖确实应该是海坛岛上的名胜。我觉得它作为一座湖，它的湖光山色是那样的与众不同，抑或说，它作为一座湖，除了四面皆为石山外，仔细看来，它有诸多独特之处：四面之石山没有规则地环抱着湖，形成许多湖上的突出部，许多湖边的港湾，形成湖上山外有山，湖外有湖的景观。湖上的许多石山形成的突出部和港湾的凹进部分，就像许多赤裸伸进水里濯洗的巨人的脚，我想，群众所以通俗地称它为三十六脚湖，大概缘出于此。其次，这座湖上，有礁石、石山、岛屿屹立，散布于湖面，形成某种自然的、独特的胜境。但最使我感动的是，四面石骨嶙峋的石山所形成的湖岸，围抱着浩瀚无垠的一湖温柔的水，一湖清澈的、蔚蓝的水，实在有一种难以言状的独树一帜的美。换句话说，四面石山的顽强和一湖碧水的温柔的对比，抑或说石山的阳刚和湖水的阴柔的对比所产生的美的效果，的确使我感动不已。

　　我还需要说一下这座湖和本岛人民生活的密切关系。这更为要紧。我深知，许多海岛上的人民都忍受缺乏淡水之苦。而三十六脚湖却把雨和地下泉水聚集起来，造福于海坛岛全岛的人民。我的友人老潘对我说："我们在驻岛解放军的支援下，把石山凿了隧道，把湖水引上来，通到自来水厂，通到各家各户……"

　　我深深地感动了。我感到，这里土地的刚强和人民性格的刚强是如此协调，如此感人肺腑。

沙和树

　　我想起将近三十年以前的一件往事：我在闽江口一个海岛上遇到一次突然袭来的风沙。从海上吹起来的劲风，把堆积于海岛山岩上的积沙刮得漫天飞扬起来，天空顿时变成一片黄褐色。随即，把岛上沙区的沉沙和一座一座沙仓，卷起一道一道龙卷风般的黄色沙柱，在半空螺旋状的飞转上来。天地昏黄，景象有些恐怖。根据事后调查，此阵厉风，时间虽然短促，但移动了三座沙仓，淹没了村落里几座瓦屋！我真是亲眼见过风沙之为害了。

　　据我了解，平潭竹屿沙区的分布是：从竹屿港沿岸，至附近的澳口，长达十五公里，宽一公里，呈狭长的带状；积沙的厚度达十八米至二十五米，沙蕴藏量达一千六百八十余吨。显然，在这样的地带，大风起时，造成的祸害是可想而知的。清初某年，大风起时，一夜间沙埋十八座村庄。但是，对于沙害人们现今已经谈得很少了。这可能是因为这里已经营造了许多防风林带，在若干沙埔地带还办起了林场。另外，这里积沙的丰富，含硅量高，到了今天，已成为一种得天独厚的标准砂资源，成为一座开挖不尽的砂的矿藏，成为人民财富。

　　在平潭看到的树林，除少量的相思树林之外，见于沙区滩头者多为木麻黄树林，见诸山冈之上者主要为日本黑松树林。平潭最高的一座山曰君山，原来是一座光秃秃的、满山岩石的、灰色的山岭，现在整座山几乎全被黑松林的暗绿色所覆盖了。我到平潭的第二天下午，老潘同志带我上君山，除了观看黑松林的绿化效果外，其中有一重要目的是，从君山鸟瞰平潭全岛的绿化状况。君山南麓的造林，予我的印象甚为深刻。几百亩以至上千亩连成一片的木麻黄树林，从君山的高处看去，如连绵不尽的墨绿色地毯铺在那里；其前为浩瀚的、蔚蓝色的台湾海峡，它如无边无际的、微微掀动的大画布铺在那里；其后为农田。我站在山巅，心中颇不平静。我知道，我并不全被尽收眼底的自然景色所感动；是的，景色也感动了我，但人民在征服不知多少年代以来的祸害中所表现的气魄、毅力和所取得的成功，更深深地打动我的心。我知道，在这里，多少年代以来的荒原和流沙之害，被征服了。

我向老潘谈到我心中的振奋。

老潘说："我们还不能用木麻黄林带的城墙，把风沙的入口完全堵死——"

他告诉我，以地质年代计算，平潭的竹屿等沙区在第四纪就开始沉积并且积极发育、形成。这里的原砂，多少年代以来，经过风的筛选和海潮的冲击与淘洗，砂质十分匀称。他告诉我作为自然力的风如何精确地筛选海砂的情况：原来，风从澳口把原始的沉砂吹起来后，一路上好像设置了一座看不见的、自然筛选的流水作业带：把重量不同的海砂，一路自然筛选、淘汰，飞扬到竹屿沙区时，已完成最后一道作业，在这里沉落下来的海砂，都是最匀称的、细小的，最符合要求的原砂……

老潘说:"如果借用驻岛部队一位政委的话说,海砂从澳口飞扬到竹屿沙区,经过的是一道天然的走廊。在这条走廊通道上,要把木麻黄林带的墙开个畅通的缺口,让海砂的千百万雄兵源源开进来……"

我真切地感受到,平潭岛上的人对于风沙有了美好的感情。我知道,平潭有一座标准砂厂。他们把原砂经过筛选、漂洗、烘干等过程后制成的纯石英砂粒,已成为全国检验水泥强度的标准沙,成为全国统一标定水泥质量的基准材料。风沙,在这里已的确不再成为灾难,它是一个矿,是人民的财富。

鲜 花

观察所屹立在海岛的山之巅。为密集的日本黑松树林所掩映。这里,雾常常很大,风常常很猛,湿度也很重。而战士们日夜坚守在这里的阵地上。

我深深地为他们的革命乐观主义精神所感染。这山巅,只有灰黑色的岩石和暗绿色、低矮的黑松林。连指导员坚持在这座山巅的岗位上已经12年了。他的脸上老是挂着一种微笑,那微笑表达一种深藏于内心的、对于工作的信念和热忱。他陪同我走过在白天也得扭亮电灯的坑道,进入工作室。我和他,值班战士,一起望着雷达荧光屏。呵,在值班战士的熟练的操纵下,屏面上交错闪耀着黄金色的、豆绿色的和褐色的光亮和图像。我猜想着,那闪光的坐标上所体现的,是马尾港和罗星塔么？是黄岐半岛么？我想起25年前，我曾陪同两位北京来的诗人住在那里的一个连队，和战士开过座谈会。值班战士告诉我，这就是黄岐半岛。它在荧光屏上的闪光的图像，有如一把弓！一会儿，荧光屏上出现牛山渔场的图像，那繁多的、一闪一闪的亮点，正是本岛出海捕鱼的渔船。一会儿又出现几座无名礁岛的图像，那一闪又一闪的黄色的光亮，是三艘我军的炮艇在巡逻……指导员对着荧光屏上出现的闪光和图像，对我又是指点，又是解释。老实说，我的心中感到十分温暖。我想，我是能够理解战士们的心的。他们以能够日夜守望着祖国的岛屿、港湾、海域和船只而感到自豪。他们认定站在光荣的岗位上，所做的是一种崇高的工作。

指导员送我从山巅沿着陡斜的石级走向营房。我忽地看见在石级的隙罅间，生长着一丛鲜草。这鲜草长着睡莲的叶子一般的圆叶，大丛圆叶间，开放一丛像黄色的雏菊一般的鲜花。我喜欢极了。

"这花，叫五角旱莲。"

指导员对我说，指着那鲜花。他的眼睛里浮起一种微笑。

我在心中想，鲜花开在高山之巅，开在营房的石级间，不论它叫什么花名，它都是土地在秋天里献给战士的一份祝福。

郭风，1918年生，福建莆田人，原名郭嘉桂。1944年毕业于现福建师范大学中文系。历任《福建文艺》《园地》《热风》杂志副主编，福建省文联秘书长、副主席，福建省作家协会主席，中国散文诗学会会长，中国作家协会理事。著有童话诗集《木偶戏》，散文诗集《蒲公英和虹》，散文集《你是普通的花》等。童话集《红菇们的旅行》获第二次全国少年儿童文艺创作评奖二等奖，《孙悟空在我们村里》获中国作家协会儿童文学奖一等奖，《郭风散文选集》获全国第五届少数民族文学骏马奖、首届鲁迅文学奖和第八届中国图书奖，散文集《汗颜斋文札》获全国第六届少数民族文学骏马奖，《黄巷集》获1995年台湾金鼎奖。

三十六脚湖纪奇

◎ 何少川

据说那是福建省最大的天然淡水湖，不在大陆，却在海岛。

我想，那湖应该在岛上的高山之巅，像死寂的火山口一样，被巍峨的峻岭托起。前往游览，将会有个艰险、崎岖的行程。但是，大出我的所料，这一天岛上的主人带我去看这湖，车出平潭县城，一路却是坦途，不到五公里，就看到了那宽阔平静的水面。湖似乎与海在同一平面上。这湖有个很奇怪的名字，叫三十六脚湖。说是这湖周长将近十七公里，湖岸曲折，湖汊众多，有人数过总数三十六，状似三十六脚，因而得美名。名字毫不修饰，朴实的近乎土气，但也有趣，是一创造，大概不会是哪位文人雅士命名的吧！

"湖离海远不远？"我们站在北面的渡口上，我问

"看，东边那片防风林，过去就是海！"主人回答道。

隔着一道沙滩，那边是咸涩的海，这边是清甜的湖，真是令人难以置信的奇迹。

旷袤的湖面，一泓碧水，即使在这百年未遇的大旱之年，依然是盈盈漾漾，充满柔情和滋润，沁人心扉。更显天工巧

夺的是湖中和湖滨的那些景，艺术地构架，把湖里湖外打点得如诗如画。在湖中，那座大小龟山，像两头千年的古鼋头尾相衔，浮游在微波盈漾的水面，栩栩如生。巨石参差的龙屿，像头角峥嵘的龙首，仰天窥探，十分逼真。还有钓鱼台、笔架礁、鲤鱼礁，惟妙惟肖。当我们驾舟登上龙屿高处，眺望湖滨四周重叠的峰峦，奇岩遍布，苍鹰石、雄鸡石、蘑菇石、春笋石……百态千姿，趣味横生。特别怪异的是那块四角形的风动石，三角凌空，一角支地，冥冥中似有一股看不见的伟力扶助，世上罕见。同行的人说，比电视连续剧《西游记》中的那块风动石更为神奇，一点不假。正当主人向我们展示周围大景色的时候，我无意中俯视足下错落相依的岩石，突然有新的发现。有不少巨大的岩石，方正规矩，在风磨水洗中表面光滑粼粼，像一枚枚印章，倒置竖立。"印钮"的侧面，附着各种藤蔓、蕨藻，有的稀疏，有的密集，有的呈翠绿色，有的呈黑褐色，有的呈咖啡色，有的还开着星星点点的小红花，图案绚丽多姿，就像一幅幅精致的浮雕。不亚于那些大景观的奇特，谁看到了都会赞叹大自然无处不在的美。只可惜我没有带上照相机，没有一一地把它们拍摄下来，否则那将是人工难于绘制的艺术珍品。

　　平潭又称岚岛，海水蒸发，时不时有岚气绕缭。可以想象得出，晨雾暮霭在这湖上一定更为浓重，随着海风吹拂会更具有飘忽不定的梦幻意境。时逢初升的朝阳西斜的红日，迷迷惘惘，晕晕艳艳，又会给它增添几多妖娆的姿色。难怪清人俞廷萱要对湖吟咏：

波光如画碧如油，日落风清好泛舟。

三十六湖烟水阔，不知领得几多秋。

"古人说此湖'不知领得几多秋'，你们知道吗？"我触景忆诗，不由地问。

"据考证，这里原来也是一个海湾，东边的狭口处经过累月的沙淤弥合，变成了湖。海水流不进湖，靠着两平方多公里的集雨面积，逐渐把原有的海水淡化，终于成了淡水湖。"主人回答道。

经过儿多岁月海变成了湖？几度风雨咸水湖变成了淡水湖？似乎很难得出精确的结论。有一点可以肯定的是，淡水湖的存在一定是离今天以前很远很远的事。水是人类生命存在的保障，也许正因为有了这湖，这岛才有人栖身、生育繁衍。但是，据我了解，三十六脚湖成为平潭岛的命脉，历史并不长，还只是十多年前的事。那时，县上从这里开始修筑起延伸大半个岛的沟渠，引湖水灌溉田地；在这里建造起机房，让城关和邻近的乡镇居民吃上自来水。有了这湖，平潭岛才真正有幸；有了这湖，平潭人民才真正有福！

奇特的三十六脚湖需要进一步开发，造福岛上的人民，也需要保护。否则，你看那湖滨滥采破损的岩石，留下了历史哭泣的面庞，高踞山丘的新筑墓穴，向游人显示它不可一世的傲气，湖将会向后人怎样诉说？

何少川，1938年生，福建泉州人，笔名筱铨。1959年毕业于厦门大学中文系。历任福建日报社副总编辑，中共福建省委常委、宣传部部长，中共福建省委副书记兼省委党校校长，福建省政协副主席，全国政协港澳台侨专委会副主任。中国作家协会会员。著有《故乡的花》《古榕魂》《高山含笑》《前言后语》《何少川散文自选集》《异域寻踪》《撩人心扉》《山海幽幽》《闽南——多彩的家园》等。《古榕魂》获福建省首届百花文艺奖二等奖，《东山放歌》获1993年华东地区文学奖等。

母亲的塘屿，我的心跳

◎ 章 武

我这辈子，到过不少海岛，但从来没有像平潭的塘屿那样，第一眼望见它，就有一种与生俱来的亲切感；第一脚踩上它的码头，心跳就莫名其妙地加速了。

那天，我和几位文友，从县城出发，驱车至敖东镇芬尾港（钱便澳），乘渡轮过海坛海峡，约一小时后在草屿稍做停留，又半小时，抵达塘屿。

草屿和塘屿，是同属南海乡的一对姐妹岛。但两姐妹长相大不一样。大姐草屿有如杨贵妃，心宽体胖，丰姿绰约，且满山树木，郁郁葱葱，远远望去，如身披一袭翠绿色长裙。也许，这就是取名"草屿"的由来吧？小妹塘屿却如同赵飞燕，身材苗条，有点瘦，但瘦得恰到好处，有一种现代美人的"骨感"——满山满坡皆为裸露的石岩，其纵横交错的纹理，如同一张张渔网，正晾晒在阳光之下，散发出一阵阵遥远而又亲切的鱼腥味。

船靠码头，一上岸，就被前来拉客的摩托车包围了。原来，岛上不通汽车，摩托车是唯一的交通工具。令人惊喜的是，所有驾车的司机全都操莆仙方言，作为莆田人的我，突然间听到如此熟悉的乡音，心跳立即快了起来，很有一种"他乡即故乡"的奇妙感觉。

据说，塘屿全岛现有居民五千多人，其老祖宗全都是明末清初从莆田黄石、江口一带迁来的移民。岛上有三个村庄，分别取名为北楼、中楼和南楼。我们上岸的码头，地属北楼，乘摩托由北而南穿越全岛，便可经中楼和南楼，抵达全岛最南端的海滨沙滩。这里，是海坛海峡的南口，我们此行所要拜访的一位巨人，就横卧在沙滩与海水的临界处。他，就是闻名遐迩的"海坛天神"。

我们迎着海风，从陆地沿沙滩往大海前行，远远望去，便见临海处有一长条形的石头山，状如一个躺在海中的巨人。他圆头大耳，袒胸露臂，挺着大肚子，再把双腿、两足平平地伸进海水里。细看，它脖子上有突起的喉结，脐下还有一柱男根昂天勃立，显然，是个血气方刚的大汉子。据说，当地老乡俗称其为"石人山"，后来有个文人到此，灵机一动，就为他取了个雅称，叫"海坛天神"。

如今，这"海坛天神"已和"泮洋石帆"齐名，成为平潭海蚀地貌景观中的双绝。只不过，石帆是从海水中站起来的，而他是躺在海水中的，这一立一卧、一矗一横、一苗条一粗犷，倒也相映成趣，堪称天赐的两大奇景，对平潭旅游业的发展，可谓功德无量。同来的文友们欢呼雀跃，全都返老还童，像顽童一般爬到"天神"身上摸爬滚打，只有我因腿脚不好，只能拄着拐杖在沙滩上绕"天神"的头颅转了半圈。但也有意外的发现，即在他后脑勺的靠枕处，有朱以撒兄所留下来的摩崖题刻"神游万古"四个字。看来，比起我们这些姗姗来迟者，这位书法名家兼散文高手，早已捷足先登了。

此时此际，海鸥在头顶高旋，海浪在脚边细语，一阵阵海风迎面吹来，我仿佛身轻如燕，也跟随以撒兄的墨宝"神游"起来。千年，万年，亿万斯年？"天神"这家伙是如何来到这里，又是如何躺了下去？他是醉了，还是睡着了？如此五大三粗、身强力壮的他，岂能老躺在这里睡懒觉？喂，朋友，该醒醒了，赶紧拔起双腿，站起来，朝着蓝天白云，伸个懒腰，再甩开膀子，迈开大步，为平潭热火朝天的开发建设，出大力、流大汗吧！

从沙滩返回，当地主人龚清文——南中村的村民委员会主任，已闻讯赶来，在一家海鲜餐厅门口等候我们。他扛了个鼓囊囊的小麻袋，倒出来一看：哇，都是我们全未见过的海螺：青衣螺、斗笠螺、大花螺，还有一种状如笔架的笔架螺（又名皇冠螺）。于是，午餐桌上，便有了得天独厚的海鲜味、有了此起彼伏嘘嘘嘘的吸食声。我笑道：此等美味，就是在北京大会堂的国宴上，也享受不到的啊！

席间闲谈，又有意想不到的奇遇：当龚清文得知我弟弟章汉的名字时，忽然高兴地叫起来："你我还是校友呢！"原来，岛上的中学生，如到平潭城关上学，水陆兼程，交通颇为不便，按祖传惯例，他们往往直接驾船，西入兴化湾，到福清与莆田交界处的江兜中学就读。该校最出名的毕业生，是原任北京大学副校长的陈章良，其次就是福州市文联主席陈章汉了，他们常为学弟学妹们所津津乐道。有了这一段小插曲，这一餐海鲜饭，吃得就更是有滋有味了。

  餐后，主人带我们进村一游。有古庙，供桌上的供品，有我从小所熟悉的莆田民间米粿"红团"。有民宅，多为燕尾脊的红砖古厝，和我老家的建筑形制一模一样。其贴在大门两边的春联，又都在红纸上端加一小段白纸，这不就是莆田沿海所特有的"白头联"吗？记得小时候，我曾听我父亲说过：此俗源于明代抗倭年间，为的是悼念春节期间不幸罹难的亲人。可见，对侵略者的仇恨，古今皆同，陆海皆同，平潭与莆田、福清皆同，真可谓同仇敌忾矣！

  我们穿过颇为热闹的村街，来到一个可坐千人的大礼堂。有几位手抱烟筒的"老叔公"（莆田人对老大爷的尊称）正在打麻将，还有几位"老婶妈"（莆田人对老太婆的爱称）正在闲聊。其中有一位缠小脚的"老婶妈"特别热情，一看到我们这些生客，就招手让我们坐在她身边"讲新闻"（莆田话，聊天的意思）。有趣的是，她的装束：插花的螺髻，绣花的头箍，斜襟镶边的大裓，居然都还保留明清时代的古典风韵，显然，这是老祖宗从莆田陆地移民时所带来的式样。

  墙上，还有若干告示，引起我们这些文人的极大兴趣。

  其中，有一张《南中十八怪》，以莆田方言的"顺口溜"，向外地游客介绍这里的自然景观和民情风俗：裸石男女睡一块，坐车不如坐船快，紫菜搓成老鼠尾，石头切成豆腐块，小脚女人走路快，姑娘不愿嫁岛外……其幽默风趣，不亚于全国驰名的《云南贵州十八怪》，真让人忍俊不禁。

返回福州，我向84岁的老母亲汇报难忘的塘屿之行。不料，她老人家说：塘屿，我当然知道。当年，我和你爸是在平潭县城结婚的，后来到塘屿住了一段时间，我就是在塘屿怀上你的，再后来，坐船到白犬岛，这才生下你……

到此，我才如梦初醒，恍然大悟。原来，我的生命之源、生命之根，就在塘屿；我在娘胎里的第一次心跳，就在塘屿。难怪，我第一眼看到塘屿，就有一种与生俱来的亲切感，第一脚踏上塘屿，心跳也就加速了……

章武，1942年生，福建莆田人，原名陈章武。1964年毕业于现福建师范大学中文系。曾任《福建文学》编辑、副主编，《台港文学选刊》副主编，仙游县副县长，福建省文联秘书长、书记处书记、副主席，福建省作家协会主席。中国作家协会会员。著有散文集《海峡女神》《处女湖》《仲夏夜之梦》《生命泉》《章武散文自选集》《飞越太平洋》《东方金蔷薇》等。散文《阳台》获1989年《人民日报》燕舞散文征文二等奖，《武夷山人物画》和《北京的色彩》分获福建省第二、三届优秀文学作品奖。

风里浪里海坛岛

◎ 黄文山

整座海坛岛的形状就是海风和波浪雕塑成的。

这里的风多,却一点也不温柔。天空中,难得有一朵安静的云彩,不是被堆成黑云压城般的阵势,就是被扯成棉絮似的长条。

你在岛上住下,最先来和你寒暄的就是风。当你听到窗台上风钩在吱呀吱呀地响,房间的门不推自开,便知道风来了。风是不用客套的,它爱来就来,爱走就走。高兴了,它轻抚你的面颊,留一段缠绵的絮语在你的耳畔;不高兴了,它掀掉你的蚊帐,扫除桌上的一切,把它不羁的性格深深地印在你的脑海里。从内陆来岛上度假的,开头几天,或许有人闹肚子,那就是风的恶作剧。不过领略了这个"见面礼",你就可以放心地和风嬉戏,享受大自然粗犷的抚爱了。

这里的风,不但听得到声音,看得到踪影,而且摸得着形状。偌大的海滩上整齐地划着一道道辙印,如同有谁用巨梳细心地梳理过。不用说,这就是风的足迹了。当你绾起裤管,一踏上沙滩,小腿肚便有细沙密密袭来,顿时一阵麻酥酥的微疼,那是风在和你亲昵。在海边，风和沙是须臾不可分的。没有风，沙只是一些没有生命的石头粉末，沉默而驯顺。可是风煽起了沙的原始野性，风沙在岛上纵横穿行，呼啸有声。在岛上旅行，处处可以看到对风沙的警戒。渔村的屋瓦是特制的，每片有半寸厚，上面沉沉地压着石块。山坡上的树是偃生的，挤挤挨挨，盘缠交柯，似乎正严阵以待一场场即将与风发生的战事。

风主宰着海岛的天空，恣意描绘着海岛的性格。可要是没有风，没有风沙，没有风带来的这一切，海坛岛只是汪洋大海里一块普普通通的石头。身量颀长的少女喜欢让海风吹动她们的披肩秀发，虎背熊腰的船老大喜欢让风鼓起他们的灯笼裤，风给千年古镇涂抹上苍茫的色调，风让木麻黄树林奏起一支支迷人的小夜曲，在盘陀小巷低回不尽。而当数十上百座形态各异的风车在猎猎的海风中轮转，那该是多么壮观的景象！你会感觉到整个海坛岛充满了力量，似乎就要御风飞升。

对岛民生活有如此重要影响的除了风，便就是浪了。人们见面的第一句话大多是关于风和浪的询问，下海捕鱼，进岛出岛，浪主宰着海上的道路。在海岛的自然环境中，最生动、最美丽的是浪，最多情、最有耐心的也是浪。浪是大海献给岛屿的鲜花，殷勤备至，四时不凋。到龙王头海滩赏浪，犹如置身于一座天然的艺术舞台。深邃、湛蓝的天穹和广袤、皓白的沙滩之间哗哗涌来黑色的浪涛，阳光抑或月光，令大海变幻出橙红、金黄、银白、深黛各种色彩，交响乐四起，波浪的优美律动，会使你感到，整个有生命和无生命的世界都在同一个强大的旋律里起舞。这或许就是宇宙力吧！

　　石牌洋的浪，则是另一番景象，一排排巨浪恰像一队队艨艟巨舰正不断向着岸礁隆隆进攻，让人望而生畏。石牌洋，顾名思义，有巨石高耸如牌。茫茫海涛中，陡然生出两颗石卵，高的三十多米，低的十多米。有人说，它们像一艘双桅船，命其名曰"半洋石帆"；也有人说，是原始人的图腾，谓之以"石笋擎天"。然而，很少有人知道，这稀世奇观，却是浪花雕就。这是我国迄今发现的最大的花岗岩海蚀石。可是海浪为何能把巨石雕塑成这般模样，则留下一个千古之谜。世界充满了奥秘，每一个谜都是一个美丽的诱惑。在海坛岛的风光图册的封面上，这两棵奇妙的石笋令多少人心驰神往？

　　波浪真是个最有毅力又最富创造性的雕刻家。海坛岛上，处处可见它的精美杰作。著名的三十六脚湖就是一个海蚀岩的集中发生地。泱泱三湖，伸出三十六只触角，形似海星。湖畔，布满了海蚀穴、海蚀洞、海蚀柱、海蚀牙、海蚀蘑菇、海蚀风动石，形形色色，姿态万千，简直就是一座浪刻博览馆了。

　　还有仙人井，大自然的鬼斧神工让人见了心头不禁发颤。海浪什么时候竟掏空了如磐巨石的身躯，形成一口深达43米的大井。汹涌的海水不时从三个洞口涌入井内，犹如条条蛟龙相搏嬉戏，腾起冲天浪花，涛声震耳欲聋。

　　浪不但劈开巨岩，雕刻出壮观的石林奇景，而且还淘制出比小米还均匀、比面粉还细腻的硅砂，这岛上取之不尽、用之不竭的宝藏。浪淘沙哟浪淘沙，当你看到面前绵延数十里的巨大砂藏，才真正体会到这著名词牌里所蕴含的哲理意味。于是一年一度的海峡沙雕节应运而生。从世界各地来的雕塑家们，用水和沙，更用他们对世界的热爱，对和平的关注和对美好的憧憬，再现历史、演绎神话、畅想未来……是平潭湛蓝的海、平潭洁白的沙，还有平潭变化万千的天空，给了他们无限的艺术灵感。

而最让人难忘的是当你告别海滩时，总有那么一片浪花，好像恋着友情，返身跃出，而后轻轻地打湿了你脚下的沙地，伴着一声动情的耳语，于是你便永远记住了这风清沙白、波浪盈盈的海岛世界！

黄文山，1949年生，福建南平人。历任《福建文艺》编辑、编辑组长及编辑部主任、副主编，《福建文学》主编。中国作家协会会员。著有散文集《四月流水》《相知山水》《砚边四读》，主编《福建当代游记选》《武夷山散文选》等。曾获冰心散文奖和郭沫若散文随笔奖。

光阴如梦话岚岛

◎ 简　梅

平潭这座神奇的海岛，自19岁那年初遇它的那一刻起，整整魂牵梦绕了近十年的光阴，而青春情感的流离与叹然也终成为定格的光影。回首如烟的往事，感谢有一个人曾经陪着我走过那段青涩的年岁……

记忆中，有一双忧郁的眼，在古老的石厝面前抬起无措的眼看着即将离去的人，手指间的烟吐纳着无尽的别愁情绪。

那是20世纪90年代初的事了。一次暑假，协同三个同学一同前往陌生的平潭岛，车到小山东，要过轮渡，随即被这一湾海所吸引，从此思念停驻这个海岛整整十年。反反复复来到这里竟达十几次。第一次，由于车程劳顿，晕厥呕吐，到达岛上就躺在了他家那高大、坚硬的石头房子里，狠狠地睡了一觉，他悄悄地开门，怜惜地坐在床边看她晕车难受的样子，然后又悄悄带上门出去，迷糊中她分明听到他的脚步声……

第二日的旅程去了他的家乡——流水镇流水村，海风呼啸，道路难行，路上颠簸得厉害。

从流水到小庠岛风浪中船身颠簸起伏，一切都是新鲜的。

靠岸后，即见到许多椭圆形的"大木桶"靠在岸边，她很好奇，询问，原来是当地人外出捕鱼作业的渔具。午饭后，他拉着她上了一条小船，船小得只能容纳二个人，他划着船桨在海浪中左冲右簸，她惊吓得紧紧抓住两边的船沿，那是怎样的一个季节呀，她从此迷失在大海蔚蓝的怀抱中，跌落在少年忧郁的眼睛里。小船开出不远，他摇桨向一艘大船靠近，拉她爬上，靠着锈迹斑斑、历经风浪的船舷，放眼无边无际的大海，她悄悄地望着身边的少年，真想此生就留此地，与他一起过男耕女织的生活。

夜晚，月色如织，伙伴们在打牌，他与她行走在光滑的鹅卵石滩，听不远处的海浪轻轻涌动，拍响美丽音符，似乎在偷窥纯洁的青春爱恋。他们并肩坐在卵石滩上，说着各自的生活与未来的向往，月影轻晃，纷纷扬扬洒落在肩，可以听见彼此心跳的声音，却不敢轻易表白。心已醉，夜已深，那晚，回到流水村的小房，她听着岸边海浪不停地在耳边涌动、呼啸，久久不能入眠。

离开魂牵梦萦的平潭岛之后，他们只能靠速度极慢的来回信件抒发彼此的思念，那时根本没有手机，电话也没有。每回她总是痴痴地在傍晚时分立在小巷，等着邮差，询问是否有信。有一回，他给她连续写了十封信，每天都可以收到他苍劲有力的字体，有一封是他极度痛苦，喝醉的时候写的一封，看得她撕心裂肺，恨不得马上就能到他的身边。但他们的家乡距离太远，心与心的飘摇，相互遥望，让这份感情不知所措。

后来他们还是错过彼此，两三年没有联系，因了一次特殊的机缘，她再度坐上平潭的轮渡，站在高高的桅杆边，看着落日下的大海，悲欣交集。他在三十六脚湖等她。

他在那里执教少年帆船队，在湖边看他在帆船上自由掌控游刃有余的样子，仿佛见到了他拉着她在椭圆形的小船上激扬划桨。时光一声叹息，谁也不敢揭开这层分离的伤疤。两日后，她再度离开……

若干年后，在那座石头房子里，她见证了他的婚姻，并衷心为他祝福，临别时，他温暖地抱了抱她。

那晚，她在他的新房里聆听潘美辰《地球上最冷的一天》，一直到二十几年后相遇的冷。那年她19岁，他21岁，曾经炽烈地相爱，刻骨铭心。

简梅，中国作家协会会员。作品散见于多家报刊。曾获第27、28届福建省优秀文学作品奖，福州市政府第二、三届"茉莉花文艺奖"，《福建日报》第九届"优秀新人奖"等。《随心点染》散文集，获2018年"读吧！福建"首届福建文学好书榜推荐图书。

流水观排

◎ 梁 征

波涌的潮声远去
浪花收起孤独的泪
没有起网的日子
真让人揪心
夜深了
深处的海，近处的海
共同奏起悠扬的牧歌

音乐很朦胧
旋律很浪漫
渔排"吉卜赛"
停泊于宁静的海湾
流动摇篮和
月亮拥抱在一起
任风儿轻轻晃荡
连梦也是柔柔软软的

整个世界都感受这自由

细微的喘息

梁征，1959年生。作品散见于国内各级报刊，并入选多种选本。出版有诗集《寻找雪峰》《木兰春涨》等。

六州歌头平潭[1]

◎ 何泽中

千礁百屿[2],坐海立云天。东之岛,西之澳,北之湾。似龙盘。怀纳江河水,化冰雪,容今古,生万物,横无际,莽桑田。七埔涛声,接五洋波涌[3],十里沙滩[4]。日照鳞光闪,霞起早潮翻。拍岸千般,尽新颜。

浮岚暖翠,峰峦秀,岩礁啸,鸟儿旋。探碑屿[5],访石厝[6],抚残垣,吊前贤。借得长虹舞,挥彩练[7],跨深渊。自贸港[8],海丝路[9],济瀛寰。海峡[10]冠洋[11]竞发,麒麟[12]动,梦醒人欢。彩灯迷星月,渔火暖云烟,两岸家园。

注释

①平潭,即平潭岛,位于福建省东南沿海,俗称"海山""海坛"。岛上海水蒸发,常有岚气缭绕,故又称"岚岛"。东濒台湾海峡,距台湾68海里。平潭四面临海,为中国第五大岛,福建第一大岛。

②千礁百屿,指平潭礁屿众多,有岩礁702座,大小岛屿126个。

③七埔,即七大埔;五洋,即五大洋,分布于海坛岛上。

七埔为：芦洋埔、远中洋埔、大澳埔、连九埔、燕下埔、龙凤头埔、七里埔。五洋为：上攀洋、巷霞洋、酒店洋、东昆洋、龙凤洋。

④十里沙滩，指坛南湾沙滩，长9.5公里。

⑤碑屿，指石碑屿，位于苏澳镇，又称石牌洋、半洋石帆。两石竖立，形如两帆，高者33米，矮者17米，为罕见花岗岩海蚀柱。

⑥石厝，平潭居民多以石头为砖瓦垒屋，称之为石厝。

⑦彩练，指平潭海峡大桥。

⑧自贸港，指2014年国务院批准平潭为自由贸易区。

⑨海丝路，指海上丝绸之路。

⑩海峡，指"海峡号"，2011年11月30日开通平潭至台中航线。

⑪冠洋，指"冠洋大舟一号"，2012年5月18日从台中直航平潭。

⑫麒麟，古代传说中的一种动物，象征祥瑞。平潭俯瞰形似麒麟，称麒麟宝岛。

何泽中，1956年生，湖南省临湘市人。出版有《毛泽东对联鉴赏》《毛泽东诗词集联》《毛泽东诗词书法集联》《格律诗词写作备要》，散文集《物行天下》《花满人间》，辞赋集《铭心微言》，诗词集《湘西景物千秋岁》《八闽景物齐天乐》《华夏景物万年欢》等。

风的宣言

◎ 陈章汉

云舒千鹤,海纳百川。零距离目击者,是风。

锚为此岸而坚守,帆为彼岸而高悬。头号见证人,也是风。

浅浅海峡,不是楚河汉界。水底有大陆架相连,精卫鸟们最是知情。那衔西山之石以填东海的神鸟,也是御风而来的呀。

潮平两岸阔,风正一帆悬。海坛的双帆石,可是风的宣言?那是天地合著的语码,读懂它,你便触摸到了奋飞的边缘。

海坛的风车,不认识堂吉诃德的长矛。它是务实的。它最有资格享有专利的一个现代语,就是——"给力"。什么力?风力!

来吧来吧,借海坛的风振翥高翔,去探视朝暾与祥云的驿站。

来吧来吧,借海西的风扬帆远航,去追寻离无边更远点的岸。

再借一袭"海坛风"的风,反映故乡的龙骧虎步,传递天际的雁影鸿声,体验身边的春稼秋穑,交流心中的憬悟覃思。

朋友们来吧,让我们同歌一曲:海坛风的风的风……

陈章汉，1947年生，福建莆田人。1982年毕业于福建师范大学中文系。曾任《福建青年》杂志副总编辑、副社长，福建省写作学会副会长，福州市文联主席、党组书记。中国作家协会会员。著有散文集、特写集、美学随笔、文化随笔、生活随笔、报告文学集、长篇报告文学、长篇儿童文学等，另有电视作品、诗赋作品、歌词作品、书法作品等。曾获全国优秀社教电视专题一等奖、国产音像制品特别奖、优秀广播节目一等奖、外宣作品金桥奖特别奖、教育类图书一等奖、金钥匙图书一等奖，并四度获福建省百花文艺奖，五度获福建省优秀文学作品奖。

一个美丽的结合
——致平潭三十六脚湖

◎ 蒋夷牧

也许，因为平潭
被海水泡得太咸了
被风浪颠得太累了
造物主才有意落下这么一片
仿佛来自天外的湖面

于是，在不安的汪洋之中
有了一泓的温柔
有了水中徜徉的月亮
有了风和小鸟的呢喃
颠簸中有了宁静
咸涩中有了甘甜

多情的大自然
把细腻托付给粗犷
把柔美嫁给勇敢

湖水就像一个来自远方的姑娘

投入一个坚强的臂弯……

一个美丽的结合

使这里每块石头都生动起来

有了灵性

有了神龙和天狗的传说

有了爱情和诗篇

    蒋夷牧，1942年生，江苏苏州人。1967年毕业于复旦大学中文系。历任山西吕梁岚县中学教师，厦门市文化局干部，福建电影制片厂编剧、厂长，福建省社科联副主席，福建省文联书记处书记、副主席。中国作家协会会员。著有长篇传记文学《生命的辙印》）（合著））、《王亚南与教育》（合著），诗集《为今天发言》，散文集《蒋夷牧散文自选集》，电影文学剧本《小城春秋》，电视剧剧本《郑成功》等。曾四次获福建省优秀文学作品奖。

岚岛二阕

◎ 谢秀桐

相见欢·游猴研山

举头东望台湾，水云间。

猴研山连新竹，只浅滩。

开捷道，对南寮，驾飞帆。

半日来回非梦，共家园。

注：猴研山位于平潭澳前镇，距台湾新竹市南寮渔港仅68海里。拟开通两岸海上快捷通道。双帆指双体飞翼船。

采桑子·石牌洋

烟波浩瀚连天接，巨石如船。

巨石如船，浪揉风推不动帆。

亲亲宛在殷殷语，诉说千年。

诉说千年，道是今朝过台湾。

谢秀桐，福建闽清人。中华诗词学会会员，楹联学会书法专业委员会委员，福建省作协会员。

上帝丢了个小练岛（外一首）

◎苏 忠

黄昏时分，海潮退去
缓缓涛声里
小练岛似乎抬高了些

海风一直吹
从早到晚，把公鸡打鸣声
用舢板摇到了夕阳中

后山草甸，牛和海鸥互不搭理
从海岬到坡顶到天空
一些草儿不知不觉就不见了

石头老厝三三两两
白色小教堂，屋顶尖尖
那是小练岛的避雷针

说是闪电风暴避着走

只剩下随处可见的野花

不分季节与上帝比笑声响

雾是青山的翅膀

雾湿了青山

都大半天了

偶尔有鸟鸣几声

一点点的　垂落在石头

石头也不见了

溅起的水草

头也不回走了

溪谷里不时有蝴蝶飞回

目光的皱褶的凉风

水波里的松涛

记忆里分不清虚虚实实

鸟鸣与鸟的互文

有时我也分辨不了

是水草的脚步停不住

还是石头与蝴蝶醒了
或者　雾是青山的翅膀

　　苏忠，福建连江人，中国作家协会会员，中国散文学会会员，中国文化管理协会理事，北京城市发展研究院特约研究员，出版长篇小说、随笔集、诗集、散文诗集等9部，作品发表于《诗刊》《十月》《花城》《人民文学》《民族文学》《作家》《中国作家》《北京文学》《青年文学》等刊物，诗作曾被翻译成蒙文、藏文、维吾尔文、朝鲜文、哈萨克文等发表。

在平潭岛看沙雕

◎ 叶玉琳

来来往往的过客
快乐在崩溃和重筑之间
染上了光的海滩
正在进行一场宏大的视觉艺术
一双手，在水和海沙之间
堆、挖、雕、掏
大海陷入决，它让开道路
以便更多的事物黏合、拼接
耸立、纵横
语言的世界如此浩渺
时间的尺度正在穿越尘埃
我想起对岸，月光，杵歌
一些零散之人，零散之物
想起正午的海滩
弯腰劳作的洒水工
也许，在庞大的沙雕城堡面前

这些身影显得过于单薄
理应得到最恰当的安顿——
狂风暴雨一直在蠢蠢欲动
通往大海的宫殿秘不可宣
在它的面前
我们不敢谈论其他艺术
也不敢谈论其他人——
最后一把雕刻刀收叠之前
作为曾经的见证
和消解时间的唯一方式
一堆沙,将很快归隐大海
在光的阴影里
产生另一条废墟

叶玉琳,1967年生,霞浦人。中国作家协会会员,福建省作家协会副主席,一级文学创作。出版个人诗集《大地的女儿》《那些美好的事物》《永远的花篮》《海边书》等。作品入选多种选集,获奖若干。现供职于宁德市文联。

龙王头沙滩，大海的眉

◎ 高 翔

帆 船

颠沛流离的游子
追寻太阳一生
回首时候
却离开故乡已远
累了
就抛出瘦硬的手
在水底
哆嗦地触摸
深睡的乡愁

海坛天神——睡盘古

开天辟地
盘古只为找一个家
找一个大海的床

撑起蓝天的纱帐

睡下

让平安的祈愿

在世间的子宫

着床

双帆石——孔子老子

相遇的孔子、老子

在龟背上

坐成两尊思想

用儒和道

借"天为"和"人为"的签语

占卜世间的风云

让一望无际的海

掀起

千年不枯的涛声

早　潮

横扫六合的秦兵

忘记了我

骑万千的马

溅起苦难的水花和阵痛的悲鸣

前仆后继

一生汹涌

只为举起黑夜后的黎明

岛

是云朵跌落海里的魂影

千年泅游

逃不出海

逃不出女人胸膛的温柔

不论云走多远

你

是它回眸的千年乡愁

缆　绳

一头牵手沙滩故乡

一头链接波涛的跌宕

乡愁

就在一根神经上

拔河一生

高翔，鼓楼区委常委、宣传部长。

听 风

◎ 黄 燕

今夜，我在海坛谛听春的声音
海水在礁石间奔腾
来自西岸的船，在岚岛停泊
龙王头的雨，年复一年，青翠而温暖
小燕自天府飞来
骇鸟呈现大嘴真容
这里收藏的阳光可以照亮夜
和昼的亲吻

我辜负平潭的山水许久
在木麻黄抽新芽的季节
向一片林，致以崇高的敬意
捂在怀里的冰，维系着一场盛大的春雨
如雾起时，迷蒙了我的归路
有一只鸿雁从麦田上空飞过
春雷声尚未响起

一阵蓝色的曲调传遍绵细的沙滩
奇文瑰句，竭忠尽智，缘来慧心

这个春天
是一阵桐丝妙音召唤而来
高鹏还含笑停留在仙人井上增辉
若，水穷云起
我已顺流而下
在水云间，听风

  黄燕，福建省报纸副刊工委原常务副主任，福建日报社全媒体理论文化部原主任。

在一滴海水里,我认识了平潭

◎ 李龙年

你眩晕的蓝　努力描绘

风　和海平面的形状

一张渔网捕捞至衰老

也无法使你离开故乡

距海卵石的质地有多远

距一个人的乡愁有多远

比一滴眼泪更晶莹　更纯粹

在一幅中国地图上泅湿了黎明

在一首歌谣里隐藏了忧伤

湛蓝的蓝　岚岛的岚

都写在这滴海水里了

20年前的一滴清凉

20年后的一滴惊叹

我把这滴海水

隐藏于记忆的岩壁里:

我担心　某个伤感之夜

你忽然掀起一场风暴

　　让我迷失于

　　故乡与异乡　爱情与乡情

　　日渐模糊的距离

李龙年，1956年生，祖籍湖南，生于福建。已出版诗集《记忆的瓷瓶》《大山意识》《哗变的梨花》等三部。

平潭行

◎ 昌 政

仙人井

谁把大海困在井里
峭崖如刀
天也削成贝壳大的一小片白冰
波涛退回为水
陪几粒海卵石细细打磨
寂寞的造型
多年以后
路从远方赶来
诗人凭栏投下自己的倒影
惊起
阳光灿烂的轰鸣

海景·沙滩

风从前世吹来，

有来不及换季的柔软与凉爽。

今夜，我们把海搁在谁也够不着的地方，

只与沙滩抢脚印，

抢着与月合影，

与手机合唱一支海坛的歌……

然后，

以蟹脚横行，

以醉步倒退着走，

笑看晚潮尾随而来，

涌入梦里。

山门前·古村落

把整块的山石敲碎，

垒成更大一块的厝状石头，

人就住在石头里。

有时，石头突然睁开一双眼，

原来是窗，

海的腥味漫游……

连片的石头阵中，

泥巴依然是杳无音信的亲戚。

有人把铁锅摆在阳光下，

葱蒜抱土跳了进去：

赶在油盐之前，

把不毛之地布置成三月的风景。

仙人掌轻抚百姓墙头，

爬山虎也只顾往春天的高处爬去：

这里安宁，如梦。

有的庭院住羊，

山风只与无花果树聊点枝杈。

石头与石头之间，

路在寻找失落的门牌号码。

也许，转个弯，

就能回到林杨的诞生地？

听听海风，

听听：

一辆轿车消失在自己的喇叭声里！

守 望

台风过后，

所有弯过的腰又直了起来。

只有木麻黄，

披头散发，

留下了风暴的形骸。

当狂风再起，

又会弯下许多腰。

只有木麻黄，

依然披头散发，

旗一样在风中舞蹈。

眺　望

大海救不了一尾吞饵的鱼：

所有的水，

都被它脱光了。

只剩一层盐，

腌制那死不瞑目的眺望。

　　昌政，1963年生，本名詹昌政，祖籍闽中尤溪。福建省作协会员。与友人创建《诗三明》诗歌论坛，主编《诗三明年度诗选》（五部）、《三明诗群》、《三明诗选》，著有《昌政说诗》《昌政诗选》。有诗获省级奖、入多种选本。

坚硬与柔软

◎ 郭永仙

祖祖祖辈辈苦心经营
以坚硬的石块垒造
必须用这样的语言与大海对话
家园的温暖，包裹岩石的硬度
一次次台风里，岿然不动
懂事的黄牛，在岩石间的软土里耕耘
葱绿的庄稼与果树
因为木麻黄的庇护而顽强
生活除了捕鱼还需要学会玩石
从童年到少年先用脚板读懂石头的含意
我来了，我用目光捕抓石头里的家春秋
不需要太高太大，院子里能有一棵树最好
一代一代炊烟书写母亲的呼唤
鱼鳞一样的瓦片仅用小石块压着，风奈何不了
像一首长短诗的韵脚，读来却是不老的乡愁
亲爱的，油画一样的石厝演绎了人间多少温情

我是一只喜欢鱼的猫，在岛上闻着充满腥味的风

便知道大海与鱼儿的故事

潮起潮落，月圆月缺是变化中的不变

每一次都不一样，每一次都是这样

大海爱海岛是亘古的事，因为有鱼，岛上便有了人

扬帆出海，踏浪逐鱼，风浪中那船也如石厝一样坚强

在岸上，家的等待如岩石那样忠诚

灶膛里的火唱出人间最柔情的歌

我像读一首首充满世间烟火味的诗，读出一岛温馨

郭永仙，1960年生，福建永泰人。中国散文学会会员，福建省作家协会会员。著有散文诗《真情岁月》，散文、散文诗合集《心灵流泉》，作品入选《中国散文诗90年》《2004中国年度散文诗》《2005中国年度散文诗》等多种选本。

无题

◎庄 文

美丽的风景
在石头房前驶出
海面沸腾的海岛
从荒凉的双眼里演变
起伏的苍穹之下
诗和伤痕如此完美地躺在一起
分裂的爱情无边无际

你，
风景中的风景
先接受我小小的致歉
我的情诗并不美好
给自己的会更差些
我们迎合着各自的生活
哈腰屈膝或纵身飞跃
对读了日日夜夜

更多的是被命运苍白虚无地安慰着

我内心的石头房
美好，谦卑，宽厚
也夹杂着锈迹、污泥、蛆虫
生活不易，爱情很累
墙角的杂草也难得给我
一抹翠绿的青睐

我的日子
是倒立的光荣地行进
在手中以词为食，徒留虚名
你也仅仅是个符号
涌动着海水一样
句子在虚假的滩涂反反复复
也许只是一步之遥
却无法占据彼此谜一样的灵魂
所以我们可以再说说爱
可以日照一样东山再起
我们也能被这希望的岛屿
实在地安慰
"我们应该会幸福但顶多也只会幸福六个月"[1]

无题

一次次爱

终将会像古老的石房子

一座座消逝

我的这首情诗

也会同所有的情诗一样

为存活我们的爱

而顽强地只死于爱

注释

① 摘自乔治·莫尔《我的死了的生活的回忆》。

庄文,男,1967年生,连江县人,出版有诗集《夜里》《那只汉字一样的鸟》,曾获福建省第28届优秀文学作品奖暨第10届"陈明玉文学奖"佳作奖。

海坛仙人境

◎ 骆锦恋

仙人踏浪蓬莱去，
仙井长相守海东。
黑瓦石砖粱菽少，
惊涛峭壁落霞红。
登临犹自向天啸，
借翼从容入梦宫。
我欲乘风归远域，
稚童唱晚逐飞鸿。

骆锦恋，女，福建惠安人。中共党员。现为晋江市非物质文化遗产保护中心馆员。中国作家协会会员。著有散文集《不抬石头的惠安女》《新月似当年》，诗集《舍那诗词稿》。有部分作品获奖。

仙人井（外一首）

◎ 年微漾

仙人井，是大海的缰绳

套在了冰冷的石柱上

用沉默圈养内心的潮涌

仙人井，头顶狭窄的命运

只允许它在绝壁上

年复一年，结绳记事

那岸边的鹅卵石

分明是在正午时分

流下坚硬的泪

哦，这一只深陷着的眼眶

有蓝色的眼波

和白色的盲点

一群人来到这里

只好与它促膝长谈

暴晒怀才不遇的生命

哦，这一方未倾尽的酒杯

何时才能浇毁

此生的块垒

午后的渔村

午后的渔村，跟她的名字一样安静

适合躺在院场上酣睡

看远山就像一方红木雕成的圆桌

而海鸥

就是此起彼伏的酒杯

我与山风对酌

似有仙风道骨

管什么世上已千年

下一场雨

就是写一首长诗，寄给唐朝的李白

和宋代的苏轼

我们有共同的信仰

不同时代的诗人，在云层上修筑铁路

将一轮月亮

从古代一直运送到远方

仙人井（外一首）

年微漾，1988年出生，福建省仙游县龙坂村人。

岚岛，海水涂满了黄昏的嘴唇（外一首）

◎ 哈 雷

我开始为你书写这面海床的长度

用白帆的步履踮一下脚尖，它不同于沙的声音

细柔的波纹留下浪轻吻的花痕

我就是这样在城市榕根下想念着你

以为风可以走得很远，以为海岸和海岸的距离很近

海面上的落日，让我看到那只惆怅的眼睛

我还看见你柔软的身子像落叶般转身

你没有说出的话语含在秋天的枝头，它慢慢成熟

坠落。而我这边依然繁花似锦，几乎每一刻都托着你的梦

走入花荫

在海坛天神的边上捡拾起你遗落的诺言

请原谅我离的太久，在海浪更大的喧哗到来之前

我把诺言装进纸船里，让太平洋的季风吹送着

返回。岁月中的三角帆在我的面前，展现了无数的

诗的羽翼，那时我也曾狂想过，像岁月的海

让我的青春复来，亦如时序的转换，我在这里感受春天的

生命

  我的体内传达你最动人的声音，在每个睡去的夜里

  都会有一次惊醒，像弹出的浪花，在和你交错而过的缝隙里

  纷纷滑落的鸥鸟的身影，把我思念的心安稳地留在岸上

  月就要圆了，但没你的月亮像伤口，它填满了我的忧伤

  我还能好好看你吗？那一线清辉布满大地，楼台上你是否还在望月

  吹奏出的箫声也上了树梢头，在风影过后，钩住了两处清愁

  在所有的故事中我留住了你，因为遥远，仰望苍穹的心会渐渐衰老

  但不疲惫，于如水月光于邀约之中更加湿润，涂满你名字的手

  抚遍全身，感受那一抹温度浸入最深的夜，让季节开花，让心等候

燃烧的岸

  海为我打开窗户

  让我看到你正独自抿着忧伤

  风暴，会在远处停止飞翔

  这时我只想

做一个飘动的青衫人

向你要一块山地

可以让我迎风站立的地方

可以让青草般的思绪在那里蔓延

目光像走动的水鸟

可以到大海的深处觅取生动的鳞片

和美人鱼脱下的衣裳

我会像忘了年龄的大海

依然用稚气的浪朵

抚摸滩石上一张张未来的脸庞

我还像是贝壳中的男人

吞下一粒沙子

泪水流出

双眼含着珍珠的幻象

当我伸出长长的手臂

将烟囱上面的头发

点燃

我看见,海深处

珊瑚的眼睛

闪出几滴幽光

哈雷,中国作家协会会员,福建省文联委员,编审,中文书刊网总编辑。参加第六届《诗刊》"青春回眸"诗会。出版

《零点过后》等十多部诗集、散文集、报告文学集。作品被《新华文摘》《文学报》等转载，入选多种选本。现居福州、奥克兰两地。

岚岛，海水涂满了黄昏的嘴唇（外一首）

半洋石帆　总有渔歌在晃动

◎西　楼

布满红潮的海滩

鸥鸟的翅膀和潮汐一同起落

尖锐的声音穿透云层

春天，一个渔妇的头巾

在岛上飘扬，季节性的风吹过珊瑚

她仿佛看见海难者发光的灵魂

她撒向大海的纸钱

让海瞬间开满花朵，像春天的道路

但它很快又被海浪吞没

雨云下面，卷走汉子的海流中

渔夫的号子飞越在波涛上

告诉我，有欢欣也有苦难

海的子民，归于船板上的家园

习惯于倾听雷电发出的颤音

习惯风暴一次次让海岸线痉挛

当风暴平息下来，我看见幽幽辰光中

沉重的哀伤让海停息了脚步

而她的心迹却随着海流浪迹天涯

两块毗邻的巨石张开了风帆

熟稔的缆绳扯起了古铜色的信念

低垂的云雨下，总有一支渔歌在晃动

　　西楼，本名黄小玫，祖籍兴化，生于泉州，现居福州。已出版诗集《穿越白》。

平潭风电

◎ 蔡芳本

一

云彩从四面八方赶来

浪花将大海铺张

一大片肥沃的土地做好了眠床

木麻黄张起了幕帐

野草送来了绿色床单

风和电宣布结婚

平潭设下盛宴

邀请全世界的慧眼

二

风和电如胶如漆

恩爱地度过流年

她们生下一个爱子叫风电

用一座岛将自己关起来

风叶翩翩积攒所有的力量

充实平潭的能源

鼓满平潭的胸膛

三

陆地风场 40 万千瓦

海上风场 60 万千瓦

电流的集结号吹响

电流的脚步日夜奔忙

一杆杆风车伸出温柔的手

将平潭的风放到怀抱里边

每秒零点四八米的风速，从此

浅吟低唱，春光里迷醉、激动

怀里揣着梦想，花开更灿烂

四

风电风电

一座岛最辉煌的时间

一座岛最辽阔的浩瀚

有一种苦难从它身上流走

有一种坚强在它身上储藏

时代的选择 历史的召唤

平潭的福音

天和地的另一个太阳

蔡芳本，1953年生，福建泉州人，笔名老山羊、郑闲等，中国作家协会会员，泉州市作家协会、泉州市文艺评论家协会顾问，泉州少年文学院院长，泉州七彩艺文会馆馆长。著有诗文集9部，作品发表在全国各大文学刊物、收入各种选集并获各种文学奖项。

石牌洋（外一首）

◎ 高 云

春雨还有最初的雷声
仿佛握手着夜里的长谈
开朗了心情
两石相峙
过于看穿这风风雨雨
望尽天涯
风起随着激浪
一路行走
有点苍茫有点豁达
半洋的石帆
面对颠簸
风光在前头

仙人井

一腔热情

是潮水

和弥漫开来的晕眩

井中

四壁的悬崖

打开了天窗

走进来

一朵朵飞溅的浪花

变幻着温柔的遐想

大海的声音

相抱着阳光和雨露

犹如仙人的歌唱

  高云,福建省作家协会全委会委员、福建省民间文艺家协会理事、福建省文艺评论家协会会员,曾在《福建文学》《台港文学选刊》等报刊上发表过大量诗歌、散文、报告文学、小说和文艺理论等作品。

浴风踏浪平潭岛

◎ 许怀中

1985年初秋，平潭之行后，咫尺之地，一隔7个春秋，此行深秋已过，海岛风大浪高，开始有点犹豫：是否不是时候。两个多月前，曾有一个会议在那里召开，却未去成。时过境迁，但想到主人的盛情难却，便冒着风寒而去。

渡过海湾，平潭岛已笼罩在薄暮的轻纱里。主人早候在招待所。夜间在客房看材料，才知道平潭古名海坛，俗称"海山"。平潭还有一个很别致的简称，因岛上最高的山峦君山，常有岚气弥漫，便称为"岚"。如果把"岚"字拆开，是"山"和"风"。平潭确是山岩累累、怪石奇岩、百屿千礁、风姿独特的地方。"风"更不用说了，岛上四面环海，海风不断。风和海宛如难舍难分的情侣，形影相随。一直到深夜，我听到窗外海风唱着似止不住的歌，伴我入眠。

海岛的早晨，格外清新。乘车到未曾去过的海坛西北端，观看看澳村对面的石牌洋海中的"半洋石帆"。看澳村是苏澳镇的一个渔村，在海滨，新盖的石房鳞次栉比。海边依靠一艘艘运输船。这几十只船来往广州、上海等地的码头。运输业的发达，带来村里的富有。海面浮着种植的紫菜，海滩上用竹竿穿着一串串收成的紫菜，在日光下晒着。小丘上龙舌兰日夜被海风摇曳，显得有点苍老而矫健。这一切，构成一幅渔村的小景。

沿着边岸，滩边一片片岩石，被海水剥蚀而露出石的核心，一圈一圈地漫开。

我还惊奇地看到：石岩上伸着一条整齐的很长的颜色不同的石带，一直伸到海底，这莫非是系住那"石帆"的缆绳？

雇了一条机帆船，驶向"石帆"。从波涛汹涌中竖起的一长方形、一圆形的两块巨石，像两面鼓起的双帆，任凭风吹浪打，岿然不动。在船上，风急浪高，海天茫茫。我觉得濒于台湾海峡的平潭，海风特别凌厉，刺入肌骨。海浪也特别大，浪花不时扑入船舱，沾溅衣裳。船越靠近"石帆"，就越看清：它的底部是一组近于平铺的节理面，酷似船底。从"船底"基座扬起的两张"石帆"，原来是两块碑形海蚀柱。石柱的岩壁上留下层层剥落的痕迹，这是风和浪在漫长的岁月中塑造出来的海上奇观。令人赞叹不已。

船在"石帆"周围绕了一周，那长方石上有只"石龟"往上爬。海鸥翱翔岩顶，也许在寻找石柱顶上的还魂草？顿时，那呼啸的海风，似乎在诉说"哑巴皇帝"的故事。当然那已经成为遥远的历史。昔日那狂吼的海风卷起漫天沙土，吞没村庄的荒凉、贫困、苦难，已一去不复还了。

海岛面容已变，留下的"石帆"依然挺立。对着"石帆"，联想翩翩。那是被巨浪遏住的"飞舟"之帆？那是兀立在浩渺海天之间的擎天大柱？那是从深不可测的海底伸出的巨臂？那是记载着岛上老百姓世世代代和风浪搏斗的无字碑？那是新的历史时期平潭人民建设海岛的丰碑？……

我面对大海，想到距此只有68海里的台湾，此处是距离台湾最近的地方。想到两岸割不断的血缘、史缘和地缘关系。据地质考古证明：台湾在2.2亿年前的古生代晚期从海中褶曲隆起后，由于海浸和海退，曾数度和大陆相连。这高竖起的"石碑"，也许便是历史的标记？

在平潭浴风踏浪之间，我恍惚看见平潭和台湾在海底依然相连，像一双紧紧相握的手。

许怀中，1929年生，福建仙游人。1952年毕业于厦门大学中文系。曾任厦门大学教授、学报副主编，中共福建省委宣传部副部长，福建省文化厅厅长，福建省文联主席，西安交通大学中文系兼职教授，福建省炎黄文化研究会副会长。中国作家协会会员。著有学术专著《鲁迅与文艺批评》《鲁迅创作思想的辩证法》《鲁迅与中国古典小说》《鲁迅与文艺思潮流派》《美的心灵历程——中国现代小说发展中的一条轨迹》《中国现代小说理论批评的变迁》《中国现代文学史研究史论》，散文集《秋色满山楼》《年年今夜》《许怀中散文新作选》《芬芳岁月》《月色撩人》《月满西楼》《放情婺州》等。

泮洋石帆的绝唱

◎ 朱谷忠

一

一个美丽的地方，总是能吸引人不断地前往。这些地方，有的是以丰富顺畅的自然生态教人心醉神迷；有的则以一种豪雄壮美的天然景观令人流连忘返。有的呢，其实是应了"见微知著"这句话，仅以岭头一树暗香的浮动，或以水中一片藻丝的变幻，便足以使人心晃不已、回味无穷。

平潭的镇岛之宝"泮洋石帆"，通称"石牌洋"，又名"双帆石"，曾被明代旅行家陈第曾誉之为"天下奇观"。到了现在，这个奇特无比的自然景致，又被专家称之为"垄断性的世界级旅游资源"。因而，如今这里，也同世上诸多风景名胜一样，日日月月，前前后后，来自四面八方的人，可谓络绎不绝。

我也是这游人队伍中的一员。但我忽略了到底是十年前或是更早一些时候来过这里？我想这可能不重要了，重要的是，我至少记住了那一次，我是在一种延续的民间传说中，并且是在平潭岛一种润滑的海风中，对视过"泮洋石帆"那夺据心灵的眼神的。

我更愿意说，就在我与它倾心的对视中，仿佛看到我的故乡莆田湄洲岛渔女头上梳起的船帆般的头髻。而当我掸落身上的微尘，把目光放牧到两片石帆的顶部，我还隐约听到了一阕清歌。那歌声中，有春红夏绿，有秋黄冬白。那歌声，点燃了我不曾告白的一个美好的想往；于是，我断定，那顶端绝峭飞出的，正是"泮洋石帆"的绝唱。

我没有画花入梦的技巧，自然也难以描摹"泮洋石帆"绝唱的本真。但我后来读到清朝女诗人林淑贞对它的诗赞："共说前朝帝子舟，双帆偶趁此句留；料因浊世风波险，一泊于今缆不收"，似乎对"泮洋石帆"的绝唱更有了几分朦胧的感知。

在这里，我还想说说那次我来时的另一个感触，或说是对地处平潭岛西北的一个叫看澳村的印象，因为"泮洋石帆"就矗立在这个村西侧500多米的海面上。我原先以为这样的地方，到处有悬崖峻拔、岸涯盘回，甚至还可能看见一些琪花瑞草。然而我到了那里，才发现这是一个小小的渔村，田舍房屋，均以青灰色石头砌成，不囿于一处，却又错落有致。我记得那天日光很好，从远处迷蒙的海气中反射过来的光彩，有一层美丽的琥珀色，这使那些平缓的丘冈、山坡、田地、小径、树篱，全部笼罩在一片丽彩之中；这一充满幽僻又有些古拙的美，倒叫我有一种说不出的惊喜。而最使我艳羡不置的是，这里的木麻黄、相思树，一丛丛、一排排，绿油油、青苍苍，仿佛都像尽职的园丁，守护着渔耕农作，守护着一草一藤。更令我惊异的是，这里到处都开满了鲜花，诸如石头隙罅间长着睡莲般的叶子、开放着黄色花瓣的五角旱莲，以及爬上矮树叶面，开着蓝色花朵的扶桑花等等，它们各据地形，斗艳争奇，其璀璨缤纷，远胜过棱镜虹霓。走近渔家，便见花萼葳蕤，倩影罩窗，房前院后，涛声隐约，一切都像油画般令人着迷。

二

时光荏苒。这一回，当我再次来到看澳村时，我发现，这个村子的天然风韵已像少妇般更加成熟了。房屋依然是石砌的，依然杂错间置，还冒出许多新楼、新房，但到处都是一片清荫敷秀、花影参差；触目可见的相思树、木麻黄，更是葱葱郁郁，浓绿翳日。一条看似新修的水泥路，两旁芳草漫溢，直抵海边岬角。人行其上，时而能得以远眺天青，时而又能得以俯瞰波碧，更有吹来的海风中也夹有阵阵花香，使人几疑到底是进入渔村，还是置身于海上园林之胜？下车时，又发现岸边渡船已改为汽船，十几分钟就能到达"泮洋石帆"的礁岸，这使游人一个个都喜形于色。

正是七月暑天，阳光热辣，但渡口却海风迂徐，清凉一片。站在岸上远远望去，一个圆盘状的大礁石上，正托着一高一低的两块碑形海蚀柱。望眼中，整座礁石形状与大船无异，上边坐落的那两块巨石，恰似两面鼓起的双帆，正欲起锚远航。

对人类而言，大海依然是个充满动感又充满神秘的地方，亿万斯年来，它创造了多少奇迹，恐怕无人能说得出、说得清。

因此，人们只能从已勘探与认识的一部分来推断大海就是诸多物种，甚而人类历史的发源地，更赋予它一种悲壮力量的象征。现在，我们至少可以说，大海也是美的创造者。

正是丰澹的大海，创造了奇迹般的"泮洋石帆"。远望中，我突然悟到：也许，多少亿年前，它并不是裸露的，它原来就是好一座山或一座峰，也许有过藤萝缠绕，凉雾薄敷，四周景物朣朦，栗气贯通。之后，月走星移，地壳变迁，山峰隐落，石飞沙没，又经多少斯年的风雨侵蚀、岁月雕琢，最终只留下这一堆盘状礁石和两块碑形的海蚀柱，这正是天地独具匠心的创造。看那风浪中屹立的两块石帆，汲尽洪荒苍凉之气，终于激越鼓荡为两柱坚韧的风骨。如今，它以海为地，裁云为衣，脱尽一切羁绊，凛冽耸立于海天之间，令人向往、令人惊叹、令人敬羡、令人回想。

"上船了，上船了。"几声招呼，终于打断了我超然的想象。在船尾甩出的一片白色的浪花中，我默默又专注地看着那渐行渐近的海蚀柱。忽地，我心里分明感觉"咯噔"了一下：这不是两块巨大的印章吗？一枚是正章，一枚是闲章，它们通体清凝，煌煌煜煜，刚好盖在海面上，那顶部也像"印钮"，似乎还沾着一些看不清的颜色。于是，愈想愈像，愈看愈真！然而，在一阵发现的惊喜中，我突又想到，这两个巨大的印章，它的底面上到底能刻些什么呢？还有，谁能怀此力拔天地的豪气，刻得了这种巨型印章？这里面，是否还有未被发现和未被挖掘的传说与故事呢……不过，最终我还是想到：这么多年了，难道只有我一个人有此灵光发现，而其他人都不曾察觉，也没有这样说过吗？

我相信，把两块碑形海蚀柱看成双帆，是从外征、象形上来确定的，问题的关键在于托着它们的一个圆盘状的大礁石，远看确实很像一艘大船，这样，双帆的存在就如同锦上添花了，愈看它们，就愈像大海鼓起风帆，正在海上破浪前进。但在涨潮时，根据形象，完全也有理由把它们看成海上印章，甚至可号称为"东海第一印"；接下去，问题也就来了，人家肯定会问：为什么这里会有这么大的两块印章？它的由来又是什么？即便这巨石所彰显的意象以及气韵与印章无异，但在这里，自然给人的视觉与想象往往都与神话或传说有关。对"印章"而言，目前显然还缺乏这方面的佐证。倘若有人再问：它们是从何来的？这时，纵然是"发现者"的我，恐怕也回答不出一个字来。但是，我必须声明，我仍然尊重自己的发现。

三

上岸了。我要求自己有所发现的内心镇静下来，或者从容一些，好零距离地与之再次接触，再次细观微察一下这个著名的自然景观。走了一圈，发现这块岛礁底部是一组平坦完整的岩石。两个石柱，均由粗粒白色花岗石构成，东侧的一个有33米高，西侧的一个则几乎矮了一半，只有17米高。石柱的底部都是近似四方形体，直立在礁石上。科学考察人士曾指出：

在漫长的地质历史中，岩石的风化壳层层剥落，现存的两个石柱，是风化剥离出来的新鲜核心部分。科学家们的结论，让我想到在对岸的看澳海滩上，还留有许多不可思议的一系列球状海蚀造型石景，有青蛙仰天、双龟拱桥、弥勒佛等等，形象不一，但都个个鲜活生动，足以令人嗟叹大自然的鬼斧神工。

我一向不喜欢在众多游人中蠕蠕而行观看风景，而喜欢一人或最多几人沿途慢走慢看，觉得这样才会不乏胜致。因此，我走了一遍后，便拣了个能避暑热的地方坐了下来，细看那两片石壁，似都有泉水流过的渍痕，便想起上次来时，村里有人曾介绍说岩石顶上有一棵"灵芝草"，谁能吃到就会长生不老。后又听说那只是一个童话，说的是一只海龟想爬上去采撷这棵"灵芝草"，献给对岸的一只母龟。至于神龟能否爬上这样陡峭的石壁，是否把"灵芝草"献给了母龟，倒是没有下文。还说那高石柱上有三片"瓦"，经历无数热带风暴，仍纹丝不动。其实那不是瓦片，科学家说，那是风化后的残留片，状似瓦片而已。还有，西侧的矮石柱，底部虽只有少部分与礁盘接触，却稳如泰山，难以撼动。有地质学家推测，再过一两百年，它将成为世界上最大的风动石。科学确是理性的，不过，人们在相信科学的同时又愿意趋同民间传说，说明人的内心有一些愿望和欲望是共同的，其中，很多都是人对美丽和善良的一种认知与向往。

坐在礁洞里看海，其实也可以成为"泮洋石帆"的附加景点。从这里看出去，可以看到海水在日光的作用下，有时是深蓝的，有时又呈暗黛；海上的云，玲珑缥渺，别有一种妩媚之感。据说在向晚时，岛礁上双帆伸入彩云之中，熠熠生辉，堪称绝伦。这使我又想到另一个民间故事。当时，皇帝昏庸无道，朝廷腐败，饿殍遍野。一日，有个蓬莱大仙驾着彩云经过海坛岛时，见哑童剪纸手艺很好，又有抱负，就送他三张仙纸，嘱他任意剪裁人、物、马、车，俱可成真。哑童便将仙纸剪出兵、马等物，试图部署讨伐昏君。谁知消息走漏，朝廷派出大队兵马前来围剿。哑童见大势已去，便与寡妇乘仙纸剪成的船只逃到此处，不幸又遇风暴，船只沉没，只有双帆化作二石露出海面。次日，彩云满天，沉没的船身竟浮了上来，化作了巨大的船型礁盘，双帆从此也矗立在这片礁盘之上，让后人供奉、瞻仰。据当地渔民讲，在看澳村，以及周围一带，渔民出海之前都会到这里祭拜，以求出海打鱼时一帆风顺、满载而归。

　　看着海，看着云，想着这样的民间传说，我突又记起双帆石的眼神。本来，我该燃一炷香，为传说中两个无畏的灵魂捧上我的敬意，但我觉得，我还是用心去默读他们拥有的梦想更为合适。它们没有名字，风磨水洗得只剩下一个期盼了。如今，在云海之上的天堂，他们也一定会找到自己安身立命的去处了。只是，遗留下来的这两片石帆，一高一低，形影相随，时而在轻柔氤氲的晴光里显露，时而在五色繁会的云彩中交融，教后人迷恋不已，又回味深长。因此我认为，双帆石是有生命的，没有生命的东西，就不会有流传多年的许多神话和传说，而人的许多美梦、奇梦、幻梦，甚至连文学名著《西游记》《红楼梦》

等，故事也都是从石头开始的。换言之，千万年来，人择石为伴，石与人共处，人通石性，石露灵性，由此才演绎了多少传说、传奇。"泮洋石帆"就是典型的例证之一。因此，它也理所当然地以其奇特状美，成为"天下奇观"。

汽船又载客抵岛了，而我也该踏上回程了。于是我收回思绪，再一次用我的眼神对视双帆石，我知道那里也有一双默默的眼神在对视着我，如同我上次来时有过的那种感觉。然而，我却复述不了这样的眼神。我觉得，复述这些，如同复述辽阔浩瀚的大海一样，难度不言而喻；因此，切切只可意会，不可言说。蹑足敛步中，我隐约又听到了"泮洋石帆"的绝唱，那歌声中似有车马的辚辚声，人群的呼喊声和螺号声，乃至船帆升起鼓荡的风声、潮声，一阵接一阵的，令人心恻。随之，我异样地感到双帆正鼓足风力，以非凡的气势，飞驰向波涛滚滚的东海……

再见了，"泮洋石帆"，这一回，我真的感觉似乎听懂了你的绝唱。这绝唱，在我看来，大约只能用诗歌来解读更为合适。那么，就让我自己来试试吧：

  双帆催动辽远的坚船
  千年的等待已经启航
  前世的梦 今生的路
  都在期盼那个时刻
  ——东海月圆

朱谷忠，福建莆田人。中国作家协会会员。著有《乡野情歌》《潮声》《五彩恋》《酒吧小姐》《红草莓的梦》《回答沉默的爱》《笑傲黄金》《朱谷忠散文选集》《花开的声音》《新闻内幕》等。

初识平潭

◎ 阮兆菁

早就想一睹平潭岛的芳容，机会终于到了，全省副刊作品评选活动在平潭岛举办，有幸走进平潭，领略了平潭的"岛国"风韵，印象深深！

这个阴雨春季而来，只能享受到风的"抚摸"，那风着实成了最好的见面礼，直窜脖围。我虽然来自海滨城市，也经历过风的考验，对平潭的风确实有点刮目相看。到了第四天回程，我们也已经适应风的"呓语"了。

平潭小吃留给我们的印象特别深刻。有三样小吃给我们带来了舌尖上的挑战：八珍炒糕，略经过微烤，甜味适中，脆而有韧，回口余甘；带鱼滑汤，真是滑而不腻，配以蒜绿，腥点全无，鲜美至极；鲜蛏滑菇，薯粉裹着，置入汤中，润润着，令人口舌生津，加之泡笋，更显地道。

平潭流水镇山门前村的建筑之"韵"，更是让我们眼睛为之一亮。低矮的两层的石头房子，风格独特，让人遐想。许是风大的缘故吧，几乎每片瓦片上都压着小石头，窗户小小的，大概也就五六十厘米见方，显得十分别致。春节刚过各家各户的窗户上贴着"春""万事如意""主赐平安"等吉祥的春联，可以想见村民们的信仰是多么纯真。在村委会，一个老大娘笑吟吟地织着渔网，一脸的乐观。他们以海为生，自然与海结下了不解之缘，也自然有着与大海一样宽阔的胸襟。村子里逛了一个多小时，大伙儿走走拍拍，兴趣盎然，畅快的心情自然不在话下。

当"仙人井"三个字立现眼前时，我们知道已经置身于流水镇的东海村了。东海村是一个典型的小渔村，村前有一片光洁平坦的白沙滩，港湾内泊着本村的捕鱼船，一路上我们都能够闻到浓浓的海腥味。相传"仙人井"是铁拐李云游至平潭岛所为，可见"仙人井"的深沉莫测。据《平潭县志》记载，"仙人井"的潮水从井底涌入时，"声如洪钟，响彻云霄，观者无不惊心动魄"。坊间流传的"龙宫奏乐""海怪出海"等传说更是为"仙人井"披上神秘的面纱，增添了趣读之处。而从科学的定义上，"仙人井"就是一处海蚀竖井，谜底也就昭然若揭了。以"仙人井"为主景，配以数个观景台，这样一个旅游景点便呼啦啦地诞生了。

初识平潭，平潭张开了温暖的臂膀；
再识平潭，平潭必将报以甜美微笑！

阮兆菁，宁德古田人，原闽东日报党组成员、副总编辑。

石头的乡愁

◎ 黎　虹

　　来自我遥远的故乡的一块石头，被砌成了墙。风吹、雨淋，它仍沉默不语，只是以坚硬身躯面对世界。

　　太阳出来的时候，石头变得渐渐温暖起来。路过的我，喜欢这面石墙，轻轻抚摸着它，我踏上一段长着青苔的台阶，去敲一扇老榆木门……

　　在很久远的年代，我就开始亲近石墙，那是因为喜欢它怀旧的色彩。靠近它，就能感觉到它会发出清脆悦耳的音乐，这使我感到无比的喜悦与兴奋。下雨的时候，我抚摸着一块块的石头，感觉它们是那么的勇敢与坚强，在细微的缝隙里，似有汩汩的水流，那是石头的眼泪在流吗？如果是，石头也会有一颗敏感的心。

　　如果能够走进石头的内心与它交流，会发现无论多么坚硬、冷漠的石头，都渴望温暖与爱，都有忧愁与思念。

　　那些月光照过、流水洗过的干净的石头，那些饱经沧桑、沉默不语的石头，它们在想念着故乡、想念着大山呢！

　　淡淡的乡愁，不仅人有，万物都有思乡的愁绪。

黎虹,中国西部散文学会会员、大理州作家协会会员。有作品发表于《韩亚文化报》《人民文学》《云南日报》等报刊。著有作品集《祥云时光》。

海峡飞虹

——来自平潭公铁两用大桥工地的报告

◎ 沈世豪

平潭：国家战略

此桥建设，源自平潭。

平潭，位于福建东部，全岛总面积392平方公里，比两个厦门的总和还大，系福建的第一大岛。古称海坛岛。因该岛的君山，终年岚气弥漫，因此，又称"岚岛"。2009年被确定为国家综合实验区，2011年开始大规模建设，每天投入的资金高达一个亿，至今，累计投入资金已经超过2000亿元。经过多年的建设，这个曾经属于贫困县的地区，一跃成为独具异彩的美丽滨海城市。

应当怎样看平潭？习近平总书记前后21次登上该岛，曾经高瞻远瞩地指出："平潭面临的机遇，不是百年一遇，而是千年一遇。"在总书记的目光中，平潭为什么如此重要？因为这里是大陆离台湾最近的地方，从平潭到台湾的新竹，只有68海里。今后的金台高铁，即北京到台湾的高铁，如果打通台湾海峡隧道，可以直通台湾，那将是海峡两岸惊天动地的大事。

当然，此事很可能要台湾回归以后才能实现。从长远来看，台湾是一定要回归的，这是血肉相依的海峡两岸同胞的"中国梦"。因此，从这一视角看平潭，就完全可以理解总书记这一话语的千钧之重了。

平潭风光奇秀，尤其是鬼斧神工的海蚀岩现象，堪称天下一绝，正在加紧建设成为闻名遐迩的国际旅游岛。平潭的特殊优势是面向台湾，是全国唯一的对台特区，也是闽台合作的窗口，国家对外开放的窗口。它的目标是建设海峡两岸同胞的共同家园。显然，平潭的开发和建设，是国家战略。一个地方能够上升为国家战略，是幸运，更是幸事。

平潭昔日是海岛，进岛只能依靠轮渡，很不方便。平潭综合实验区开始建设之后，从福清到平潭建成了一座跨海公路大桥，但依然赶不上实际的需要，因此，国家决定开辟福州到平潭的福平高铁和高速公路。此路开通之后，平潭到福州只需半个小时，形成福州半小时生活圈和经济圈；位于全国交通神经末梢的平潭，也将汇入全国四通八达的交通网。

然而，这座桥梁要跨越波涛汹涌、险象环生的平潭海峡。于是，全国四个特大工程之一的平潭公铁两用大桥，在2014年4月隆重揭开建设的序幕。

世界上最难建的桥

平潭公铁两用大桥分为两层：下层为时速200公里的双线 I

级铁路，上层为时速100公里的六车道高速公路。铁路是新建的福州至平潭铁路关键性控制工程，系合福铁路的延伸，京福通道的重要组成部分。大桥起于福建长乐的松下镇，经人屿岛、长屿岛、小练岛、大练岛，依次跨越元洪航道、鼓屿门水道、北东口水道，在苏澳镇上平潭岛，全长16.34公里。

这是世界上至今最难建的桥。因为，平潭海峡是和百慕大、好望角并称世界三大风口海域。此地为典型的海洋性季风气候，风向季节性变化十分明显，大风日数主要集中在10月到次年的3月，即半年为风季。根据气象部门统计，桥址处每年6级以上大风超过300天，7级以上大风超过200天，8级风的天数为115天，刮9级风的日子也有58天。在"声如怒涛卷神轴"的世界级风口上建大桥，世界上还前所未有。

这里的浪也特别大。古诗云"千尺崔嵬，耸然欲惊"，这里当之无愧。施工海域平均高潮位达2.39米，平均低潮位为-1.89米，平均潮差4.28米，最大潮差7.09米。最大浪高竟然达到9.69米。和浪紧紧相连的是水流，施工区域的最大流速高达每秒3.09米。惊涛拍岸，雪浪滚滚，潮涨潮落，云起云飞，固然很有诗情画意，但在这样的海洋环境中施工，却是很困难的事情。

建桥必须在海里建桥墩，这里的海底岩石强度高、特别硬。据科学测试，硬度达到200兆帕，铁的硬度一般在235兆帕左右，平潭海峡海底裸岩的硬度几乎如铁一样了。桥址处仅是坚硬的板岩分布就长达7公里，而且岩面倾斜裸露，存在大量直径较大的球形风化残留体，即孤石等复杂地质。正因为如此，施工之初，大量钻杆被损坏，攻克这一难题，成为极大的挑战。

最大施工水深达 40 米以上，风大、浪高、水深、流急、潮汐明显，岛屿、暗礁多，覆盖层浅薄，岩面倾斜、裸露，自然条件恶劣，地质结构复杂，因此，这里建桥条件远不如东海大桥、杭州跨海大桥，以及港珠澳大桥，历来被视为"建桥禁区"。

桥是大海的路。有了桥，"行人到此全无滞，一片江云踏欲飞"。那是何等动人的风景。能够在世界上建桥最为困难的海域，铺出一条通往幸福和未来的康庄大道吗？

海峡飞虹，雄奇瑰丽，而创造这一奇迹的，是中国一流的建桥队伍——铁道部中铁大桥局的建设者。

突破"禁区"

这真是一个中外桥梁界的巨无霸工程哟！如今，经过 5000 多名建设者几年的奋力苦战，洋洋 169 个桥墩，恰如擎天大柱，已经从滚滚滔滔的海面上冲天而起，排列成行，逶迤而去十多公里，汇成磅礴的交响曲，令人震撼至极。大桥开始架梁，不久，将以跨海长虹般的雄姿，巍然屹立在茫茫的海面上。

桥墩一侧是施工便桥，不高，也不宽，几乎贴近海面，可行人，还可通车辆。有了这道便桥，就宛如架设好施工的脚手架，许多事情才可以动手。大桥中间，即元洪航道处，靠近 200 米主塔的地方，是个有 6 万平方米的施工大平台，这个平台相当于 164 个篮球场那么大，平坦，开阔。大平台上，最醒目的是一片用集装箱垒成的房屋：有一层的，对开，中间有通道，如窄窄的小巷；也有两层的，如积木那样垒上去。这片特殊的"建筑"，主要是建设者的宿舍、办公室等，就像一座城市的小区。一个集装箱就是一个房间，多数是集体宿舍。平台上还有车间、仓库、简易工厂、工棚等。或许，是照顾人们工余休闲的需要吧。平台上还有篮球场，不过，四周围了铁丝网，防止一不小心把球扔到大海上去。

大平台上的路很宽、很长，就像航母上的飞机跑道。晚饭后，可以在上面悠闲地漫步。夜晚，还有些许海钓爱好者，依着凌空的栏杆钓鱼。这里离陆地较远，鱼多，运气好的时候，有的一晚居然可以钓起几十斤的鱼。最多的是鲈鱼，大的一条就有十多斤重。

工地生活有序、紧张、活泼。一切都按照计划进行。

架梁，可是个撼人心魄的场面。

建设者们要把单孔重1800多吨的钢桁梁吊装到目标位置。如此沉重钢桁梁的整孔吊装，在国内的工程建设中，没有先例。一孔钢桁梁的投影面积，相当于一个标准足球场大小。一次吊装，需要六七个小时。钢桁梁架上墩顶后，还要通过千斤顶和纵横仪进行精调，最终架设精度达到毫米级。全桥一共有34孔钢桁梁，其中26孔80米，8孔88米，全部采用整孔架设。

诸多禁区是如何被突破的呢？

桥墩，撑起桥梁的脊梁，面对着坚硬如铁的岩石。总工程师樊立龙遇到从业20年来的最大挑战。桥墩的施工需要先打入钢护筒，必须硬碰硬地把每根钢护筒都打入硬度超过200兆帕的裸岩里去。一开始，许多设备损坏。钢护筒选用了硬度高达345兆帕的钢材，端部管壁厚度从3厘米增加至4.4厘米。同时，为了抗击施工海域高达60吨的水平波流力，钢护筒直径达到3.3米，这样一个庞然大物，安装偏差却不能超过5厘米，这无异于要在石头上绣花，传统的打桩船根本无法胜任。

他们采用了一艘亚洲最先进的打桩船，是由我国自主研发生产的，最大桩机钻头直径达到6米，并有GPS自动定位，将打桩误差控制在2厘米以内。正是它，最终帮助建设者啃下裸岩打桩这块硬骨头，让平潭海峡公铁大桥的桥墩真正在海中扎下了根。

高新科学技术威力无穷，中国的建桥技术已经站在世界的前列。世界上有的，我们有，世界上没有的，我们更应当有。建桥难，超越自我、勇于思想突破更难。正因为如此，平潭公铁大桥的建设者响亮地提出，要把这一工程建成"全面从严治党的示范性工程，中国铁路桥梁的标志性工程，桥梁科技创新的代表性工程，复杂海域施工的开创性工程，新一代桥梁工程师的摇篮工程，信息化技术运用的样板性工程"。高屋建瓴，气势如虹，如是也。

"海鸥号"，这是中铁大桥局历时3年、耗资3.4个亿为平潭海峡公铁两用大桥量身定制的自航双臂架变幅式起重船，起重能力达3600吨——相当于2400辆小轿车的重量，主钩起升高度达110米——相当于39层楼高，这是国内起重量最大、起升高度最高的双臂架起重船。红白相间的主色调，气派超群中还有些许的浪漫和风流，船上的驾驶舱、设备舱有三层楼高，白色，飘逸如云彩。最神奇的当然是巨爪式的吊臂，还有紧系在吊臂上网状的吊索，均是红白两色相间，简洁、醒目。数千吨的桥梁构件，轻轻一抓就起来。有了这个威力无比的神奇设备，许多施工难题就迎刃而解了。

桥梁主塔高达200米，有70层楼那么高。面对变幻莫测的恶劣施工环境，在主塔施工中，人们想出了三大"法宝"——"环境实时预报""小粗腿""防风衣"。设置的专职环境预报员，通过在塔柱高度方向布置多台风速仪，在桥梁沿线布置的5台风速仪、2台波浪仪、1台海流计，对桥址处风环境、波浪要素、海流进行实时监测，经过2年的实践与完善，已能准确预测桥址处5天内风、浪要素，提供准确的各项信息，指导现场施工。

站在海里的"小粗腿"，则是主塔基础的16根"腿围"直径达4.9米的钻孔桩，它们牢牢地支撑着主塔扶摇直上云天。

"防风衣"则是全新的装置，能够发挥防风的作用，保证施工的质量。

两座相对的200米高的主塔已经傲然矗立云天。中间跨度530米，用现代的斜拉索拉起桥梁。桥下，10万吨以上的巨轮可以畅通无阻。

方法总比困难多，大量世界一流的新设备、新技术被运用到这一工程中。一部彪炳史册的建桥史，就是不断突破"禁区""雷区"的创业史。

大桥群英谱

刘运杰，南京人，一工区三分部党工委副书记，一个朴素、利索、儒雅的中年人。他带领的队伍是2013年11月16日进岛的。当时，他们住在小练岛上。这是平潭海峡大海中的一个小岛，有山，树木葱郁，有村庄，但缺水。全村只有唯一的一口井，每天的出水量不多，只能勉强够村里的人家使用。搭工棚来不及了，建桥的队伍只好暂时借住在老百姓家里。他们不能去抢用老百姓水井里的水，连忙自己打井，打了100多米，出水量依然很有限，因此，水是严格采取配给制供应的，不要说洗澡，有时连最为基本的洗漱都无法保证。更让大家头疼的是通讯，岛上缺电，几乎没有信号，也不知是谁发现的，靠在电线杆打手机，可以比较清晰地听到声音，于是，人人靠电线杆打电话，就成为一大特色风景。

岛上的老百姓绝大多数是渔民，他们很会捕鱼，但不懂高铁，也不懂大桥，居然提出，要建设者在小练岛上开个口子，让他们可以自由上去搭车、出行，甚至可以把牛赶上去。大桥局的书记赵进文亲自来给村民上课，讲解有关大桥的常识，经过耐心细致的工作，老百姓才了解这座大桥的真正结构、作用和意义。

刘运杰记得很清楚，2014年3月，季风期还没有过去，他们就开始打第一根桩。当时是做施工栈桥，遇到的是异常坚硬的灿烁岩和角烁岩。桩打不进去,拉起来一看,竟然成为麻花了。24厘米的护筒也塌了。桩打不下去,几十米的钢筋笼就无法放。后来,采用了新技术、新设备,才解决了难题。水很深,最深处,他们把桩打进水下107米。

造桥需要大量的水泥、钢筋等材料,没有码头,他们自己造码头。缺乏淡水,搅拌水泥需要非常多的淡水,他们就建起了海水淡化厂。一切都要靠自己动手,岛上生活条件差,蔬菜等食品都供应不上,任务又重,几乎是没日没夜地干,民工都不愿意来,开始招来的民工,没有干多久,不少就走了。他这个分区人最多的时候,有1000多人,一边跑人,一边招人,招来的民工要培训,有的刚培训好,就溜了。后来,经过认真的思想工作,并逐步改善生活和工作的条件,人员才基本稳定下来。

他很关心队伍中人员的生活、健康情况。发现有人身体不舒服,立即安排去医院进行体检。管物资的陈世民,不幸得了败血症,他主动带头并组织分区的员工捐款,短短的时间内,就凑了3万多元钱,让这位40岁的中年人和他的家属很是感动。

如今,他们在小练岛上已经建起了简易的住房,用的是一色的轻型钢板和塑性建筑材料,浅蓝色,整洁、清爽,除了隔音效果有点欠缺以外,其他都不错。他们已经走出了困境,进入正常的工地生活。用水、用电、通信等问题都得到解决。

刘宏达是副总工程师,他是河北衡水人,2004年毕业于武汉理工大学道路桥梁专业。年轻、帅气。长期日晒雨淋后黝黑的脸，很是精神。他曾经在多座大桥工地上工作，却从来没有见过如此规模和气魄的建桥工程。打钻孔桩，是建桥的基本工序，他以前见过的桩机只有3米，而在平潭公铁大桥工地，桩机的直径开始是4.5米，打不进去，结果换上全新的6米的巨型桩机，终于获得成功。

大工程、大气派、大作为、大突破，是他最深切的感受。围堰，行内的人称之为"定海神针"，有了围堰，挡住汹涌的波涛，才可以作业。平潭公铁大桥上围堰有多大呢？4000吨！圆形的围堰漆成红色，分为两半分别在平潭、宁德两个地方加工，做成以后，分别用万吨拖船或泵船通过海运拖过来，然后在现场工地进行拴接。在波涛滚滚的海里拴接可不是一件容易的事情。根据测算，水平波流力高达60吨，必须用8台560吨千斤顶连续进行作业，并且要按照水流的不同方向进行固定。不得不赞叹桥人的创造精神，这一超乎寻常的工艺，是在实践中摸索出来的。

倒灌混凝土是建筑中常见的工艺。但在这个工程上，因为工程体量太大，一次往往要倒灌16000立方米以上，场面之大，可用惊心动魄来进行形容。刘宏达既是指挥者，又是现场操作者之一。经过这样的实践磨炼，他老练和成熟了。平潭公铁两用公铁大桥的确是培养工程师的摇篮，也是培养高级专家和高级技师的摇篮。

庞孝均，桥梁装吊工，沉着、质朴、稳重。他是重庆江津人，1979年毕业参加工作，1989年进入中铁四公司。他一家三代都是桥工。他父亲是1958年参加工作的老工人，他的女儿庞春燕也在大桥局工作。

桥梁装吊工又叫作起重工，其任务是用大型起吊设备负责吊装、拼装等工作。开始，不仅需要熟练的师傅手把手传授有关技术，还要专门送去培训一年，经过考试之后才能上岗。工地施工，安全第一。平台上有块巨幅标语，上书：一岗一分钟，安全60秒。每个字比人还高。因此，成为一个优秀的装吊工很不容易，要在实践经验中细心地摸索，一般需要5年时间才能获得中级职称。

他是个经验非常丰富的熟练装吊工，曾经参加过黄河大桥、山东梁山大桥、芜湖长江大桥等大工程的建设。2000年还外派到孟加拉国参加桥梁建设。他敬业且技术精湛，获得过铁道部发的"火车头"奖章。

平潭公铁两用大桥经历过的许多困难和艰险，他都是见证者甚至亲历者。他不会忘记，2014年5月，他随浮吊船到海上作业。那一天，风浪真大哟！至少有3米多高，浮吊船颠簸不止，无论怎样都无法靠岸。没有办法，只好在海上漂泊。船上没有准备食品，大家整整饿了一天。到第二天，依然继续干活。类似这样的事情，他觉得很平常。

装吊工很辛苦。高空作业，不能有高血压，不能有恐高症，还不能有心理障碍。不要看操作并不复杂，但面对各种复杂多变的情况，却要依靠准确的判断，乃至细微的感觉。他如今是装吊高级技师，2017年被评为大桥局劳动模范。数十年来，他用心血、智慧、生命的年华，吊起了日月星辰、山河湖海，吊起了无数动人的风光，当然，也吊起了造桥人沉甸甸的重任。

余启波，云南昭通人，从小生活在偏僻的山村里，2006年，他才14岁就出来打工。久经风雨，一脸黝黑，是个典型的大桥工人。他曾经参加过成渝铁路上的金沙江大桥的建设，2017年3月才到这座大桥工地。他虽然只有初中毕业程度，但是现在已经是个桥梁技术员了。他负责最为关键的主塔建设。主塔刚开始施工的时候，有120多人在那里奋战，现在已近尾声，还有80多人。他对工作极为负责，200米高的主塔施工，一点也不能含糊。他在实践中总结了他这个岗位工作的三要素：质量、安全、进度。每一道工序，乃至细节，必须是高标准的，所有上岗人员都必须经过严格的培训，经考核合格以后才能上岗。他在技术上很全面，加工、绑扎钢筋，电焊，倒灌水泥，爬模……样样都是行家里手。几乎每一天晚上，他都要像放电影一样，把白天的工作都过一遍，有时因此而失眠了。他认为，有幸参加这座大桥的建设，实际上是为自己搭了个极为难得的平台，他很是珍惜。因此，他很少离开工地，七个月才下去三次，有两次还是因为抗击台风，下去执行任务。他的父亲余绍江，今年48岁，在工地当工人；他的小舅子张天超，也在工地上，并且专门值夜班。云南、四川来的打工者有一个很有意思的现象，往往是全家乃至全村一起来的，他们团结且相互鼓励、帮助，是工地上重要的力量。他很敬业。最近，他的奶奶因为送小孩上学，不小心摔断了腿，得到消息，他很想回去看看，但工地上太忙，走不开，只好专门请了一个人照顾老人家。他质朴如平凡的泥土。正是无数像他这样的工人，撑起了大桥建设的伟业。

潘胜平是一工区五公司的总工程师，魁梧、壮实，1.8米以上的个子，堂堂的男子汉。他是江西宜春人。那是个美丽雅致、文化积淀丰厚的山城，八国联军打进北京，慈禧太后曾经躲进这里，并给它取名为"宜春"，如今，山城江边的"宜春亭"里，还保存着慈禧太后题写的石碑。慈禧治国不行，书法却有几分功力。潘胜平2005年毕业于西安工业学院桥梁专业，是个既有理论学养又有丰富实践经验的人物。

潘胜平是大平台工程的建设者和指挥者之一。这个超级大平台从2014年3月就开始启动建设，到2015年6月才全部建成。当时正值风季，气候环境异常恶劣，经常刮风下雨，人们称之为"坐水牢"。不少人得了风湿病，依然坚守岗位。当时，每个建设者的手机上都有"气象通讯"这个栏目，以便根据气象预报的情况进行工作。大平台的建造遇到许多困难，不仅因为大，而且此处正是海峡的中间地带，水深达40—50米。基础施工就像前仆后继的攻坚战，硬是被他们啃下来了。一般施工平台的建设是高出水面3—4米，根据实际情况的需要，此大平台高出水面8—9米。因此，站在这座大平台上，天风猎猎，如站在巨大的空中楼阁上，开阔而旷远。

潘胜平所在的公司还负责11个桥墩的建造，其中包括200米高的主塔，是个具有代表性的施工单位。他经历不少工程的建设，他深深感觉到，这个工程的难度和工作强度，超过其他工程的10倍还不止。工作强度太大，许多难题都是前所未有的。

风浪如山，冲击力极大，设立导骨架是件难事。那是一个周长从90多米到110米以上的水底整体平台。这种深水的施工技术，最早的启发是源于石油的钻井平台，但规模和重量大多了。导骨架的安装需具备起吊1700多吨的设备能力才可以完成，逼得人们不得不采用新设备、新技术，突破就是这样开始的。他非常欣赏负责一线管理的杰出工人黄国元说的一句话："只有大桥人最理解大桥人。"

基础施工就像蚂蚁啃骨头，整整花了近四年时间。打桩、钻孔，老式的打桩机根本无法胜任这个工程的重任，这里的石头不仅硬得出奇，而且软硬不一，裂隙多，钻孔时，泥浆会漏，一个看上去是小小的细节，如果不解决，则前功尽弃。"一山跨过一山拦。"走前人没有走过的路，他和工地的建设者们已经习惯这种工作状态了。

工地上流传着他的一件轶事。工地太忙，他无法回去探亲，妻子不放心，远途跋涉，终于来到工地了，但风浪太大，船一直在激烈地摇晃不止，他的妻子怎么也不敢跳船。好一个潘总，飞身跳过去，一把抱起妻子，又跳了过来。众人见状大惊，佩服潘总的功夫了得，于是，这个抱着妻子在风浪中跳船的故事，就成为工地上的美谈。

大风歌

汉高祖刘邦在《大风歌》中曾经高声吟唱："大风起兮云飞扬，安得猛士守四方。"此诗中的风是比兴，具有衬托氛围的美感作用。大桥工地是世界三大风口之一，这里的风严重影响甚至恶化了施工环境，极大地增强了施工的强度和难度，因此，在这里苦战的建设者的故事，许多和风有关。他们也高唱"大风歌"，但却是战胜大风、强风乃至飓风的英雄壮歌。

刘毅，现任工区的现场经理。他是2013年到工地上来的。他清晰地记得，有一回，他带领400多人乘坐4000吨的浮吊船来到施工区，人们都站在甲板上，这些是焊接工，个个手拿焊枪、头戴防护帽，像全副武装的战士等待潮水。潮水终于涨起来了，但可恶的风也刮起来了，而且一阵强似一阵。大浪滔滔，如巨舰一样的施工船，居然像一片树叶，在激浪中摇晃。焊接需要稳定，焊点才能准确无误，虽然在如此的环境中焊接非常艰难，但没有办法，依然要施工，因为，此风一旦刮起来，往往十天半个月也不会停止。有一个优秀焊工，叫李彪，他吐了，吃下去的东西全吐了，最后，连苦水、胆汁都吐了出来，真是太不容易了，这阵风刮了半个多月，李彪就吐了半个多月。他坚持下来了，咬紧牙，没有退却，终于适应了这种环境。此后，无论风怎么刮，怎么摇晃、颠簸，他都能够准确地进行焊接。像李彪这样练出一手绝技的工人还真不少。

2016年除夕，工地上不少职工按照规定，可以回家探亲。然而，作乱的风来了，这些人大多住在大平台的"集装箱"里，风高浪急，前来接人的船颠簸不止，忽上忽下，怎么也靠不了平台一侧的码头。怎么办呢？大家回家的票都买好了，远方的亲人正焦急地等待他们回去团圆。等是没有用的，很可能极不容易轮到的探亲假结束，风也不会停下来。工地领导经过反复研究，终于做出一个大胆而且有点冒险的决定：人坐在一个钢铁做的大篓子里，这个大篓子平时是用来装货物的，有时也装蔬菜等食品，然后，用大吊车把人吊到无法靠码头的船上去。这是没有办法时不得已采用的办法呀！

　　为了保证安全，所有领导都到现场指挥，一个篓子里装七八个人，风在吹，呜呜直响，天低云暗，铅灰色的大海，像狰狞的虎口。篓子吊到半空，一直在大风中晃动，大家的心都提到嗓子眼上，目不转睛地瞪着蹲在篓子里的人们。真佩服技艺高强的吊车司机，他终于把回去探亲的职工，一篓一篓平安地吊到船上，让他们踏上回家的路。

　　此后，工地上有人得了急病，遇到大风天，船无法靠岸，便采用这种救急的办法。有一次，施工大平台上的一位工人，半夜阑尾炎紧急发作，痛得在地上直打滚。风很大，船无法靠码头，为了救人，打开聚光灯，也是用吊篮吊到船上，然后送到医院救治，平安脱险。

　　安浩兵，甘肃平凉人，工程部副部长，前额有点高，身材匀称，秀气，是一个很精神的小伙子。他毕业于兰州理工大学土木建筑系桥梁专业，在工地上负责技术工作。第一次从内陆走出看到平潭如此壮阔的海，非常激动和高兴。如果是大晴天，没有风的日子，平潭的海的确很美。这里的海很蓝、很蓝，人们誉之为"平潭蓝"，蓝得令人心醉，犹如凡尘淘尽，空灵澄碧，充满遐想。

爱情，年轻人渴望的美好浪漫爱情，也能够像"平潭蓝"这样迷人吗？

安浩兵的女朋友是他高中时的同学，在福州一所中学当数学教师。福州到这里并不远，经长乐过来，只有一个多小时的车程。然而，他住在工地上，风一刮起来，最长的居然是一两个月。不少前来探亲的家属，已经到了岸边，但船无法靠，两口子只能隔着海水喊话、打电话，别看只有上百米的距离，但此时，这短短的距离，就是无情隔断牛郎织女的天上银河，就是万丈深渊，就是无法跨越的天堑。开始，是女人哭了；接着，带来的孩子也哭了；最后，坚强的丈夫也满眼是泪。安浩兵亲眼见到过多起如此令人心碎的场面。他曾默默祈祷，上苍有眼，这样的不幸和悲剧不要落到他的头上。

恋爱是要约会的，他们的约会实在是太不容易了。一是安浩兵特别忙，抽不出时间，往往一两个月都抽不出身。二是遇到刮风的时候，几个月都无法见面，一次次地失约。女朋友从焦急到失落，最后失望了，无奈之下，只好忍痛分手。

安浩兵很爱这个女朋友，失恋很痛苦。工地上的大学生多，像他那样因为环境和工作条件影响而失去心爱女朋友的，还不少。因此，工地决定，为了稳定这批朝气勃勃的年轻人，给每个新来的大学生配了两个导师：一个是生活导师，一般由党委书记或支部书记担任，负责做思想工作；一个是工作导师，一般由带领他们的师傅担任，负责手把手传授实践经验和技术要领。造桥很重要，在年轻人的心田里，造出连心桥更重要。正是因为有这样充满爱心的温暖氛围，安浩兵很快走出了情感的低谷。

爱情之箭终于又一次射中了这个很有作为的年轻人。

他班上有五个同学在高考时选择了桥梁专业。因此，回家探亲的时候，大家聚在一起，有说不完的共同话题。一位同学的妹妹，长得美丽、温柔，且不乏巾帼之气，毕业于甘肃民族大学，她学的是会计专业，心细，悄悄地爱上了他。

这就是缘分。

他们的恋爱很顺利，也很热烈。这位姑娘深深地被安浩兵的气质、精神所感动。可以相信，他们是幸福的。

李林琳的故事更奇特。他是二工区的总工程师，2014年除夕，他感念工地上坚守阵地的建设者们，便亲自随船给他们送肉、水果、蔬菜等慰问品，回程的时候刮起了强风，船靠不了岸，他就无法下来了。他的妻子、儿女在除夕夜站在岸边，看到亲人的船就在不远处的海面上，只能相互招手、喊话，却不能团聚，急得大哭。李林琳含着泪，喊道："不要哭，不要哭，我会回来的。"结果，这艘送慰问品的船整整在海上漂泊了一个多星期，等到风稍微小一点的时候才靠岸。万家团圆的春节早已过去，他的一家是在提心吊胆中度过的。

比起李林琳，吊车司机袁守海的意外遭遇更是催人落泪。

此事发生在2014年11月，平潭的季风期。当时正在做施工栈桥，吊车司机袁守海开的是一台履带式的大吊车，被突然刮起的强风困在高高的施工平台上了。平日上下，是用拖轮去接他的，但在这时候，大浪滔天，拖轮无法靠近他所处的那个施工平台。那次风不仅很大，而且连续刮的时间久。悬在半空中的那个施工平台，就像一个飘荡无助的鸟巢，令人无比担忧、焦急。好在履带式吊车沉重如巨型坦克，风无法刮跑它。大风刮了一天，没有停，吊车的操纵室是没有存储食品的，怎么办呢？于是，人们只能站在颠簸不止的拖轮船头，隔着恶浪滚滚的海面，将矿泉水、面包、水果等食品，瞄准袁守海被困的操纵室前那个施工平台，用力抛上去。风大，吊车所处的平台位置又高，抛去的东西，不少落到海里，只有很少落在操纵室前那个施工平台上。一天、二天、三天，整整一个星期，都是靠这种原始的办法解决袁守海的生存问题。7个日日夜夜，在一片凄风苦雨中，很难想象，这位孤零零被困在空中的袁守海是怎样熬过来的？他会感到惊骇和恐怖吗？此时，天空、大海，都像张开大口的巨兽，随时准备吞噬他。他会想起什么呢？妻子、儿女、朋友、同事，还是想起几乎日夜在下面注视着他，不断为他抛食物以及其他用品的领导和同事们。这个让人们无比牵挂的英雄汉，或许，只想到待大风过后,他依然开他的吊车。

七天过后，风稍微小了一些的时候，他终于沿着一根缆绳从高空慢慢地滑了下来，落在前来接他的拖轮上。他平安落到甲板上以后，在拖轮上配合的人们，紧紧地拥抱着这位饱经磨难的英雄汉。没有人哭，大家努力地忍着涌到眼眶的眼泪，俗话说，好男儿流血不流泪，他们个个都是经得起狂风恶浪的钢铁汉。

因为工作需要，袁守海后来被调到其他工地工作。此事过去多年，往事历历在目。远在异地的袁师傅，你现在还好吗？

尾声：中国形象

2017年10月4日，中央电视台第一套，第三套，第十五套在黄金时间，以"我们的祖国"为题，滚动式地播出了全国著名歌唱家、艺术家在平潭公铁两用大桥工地慰问建设者而演出的大型节目。这台节目时长近2个小时。拍摄的时间是当年的8月份，由100多人组成的强大阵容来到工地现场，进行现场创作和排练，终于拍摄成功。工地选出500名优秀的建设者参加现场演出。节目以《跨海长虹》为题，以《开路先锋》为序曲，气势宏大，振奋人心。

现场演出在工地平台上进行。那一天，阳光灿烂如金，风平浪静。现场镜头更是令人无比震撼。只是烈日如火，不少现场参加演出的人们都被晒脱了皮。大桥局的赵进文书记也在现场，他的鼻梁都被晒脱皮了。不过，大家都知道，中国乃至世界上的十多亿电视观众，都可以从这个节目中看到正在建设中的宏伟壮美的大桥，看到他们的光辉形象，感受大桥建设者奔腾激越的壮志豪情，怎能不为之激动呢？

海峡长虹见证：中国是建桥大国，正朝着建桥强国的方向奋勇向前。任何艰难险阻都无法阻挡中国建设者斩关夺隘攀登世界高峰的脚步。

平潭公铁两用大桥，中国形象的标志。

沈世豪，1944年10月10日出生，福建浦城人。1968年毕业于厦门大学中文系。中国作家协会会员。长期在高校任教、任职。曾任江西师范大学中文系副主任、教授，厦门教育学院副院长、教授。有25部专著和长篇作品正式出版。系享受国务院颁发的政府特殊津贴的有突出贡献的专家、福建省优秀专家、厦门市拔尖技术人才、全国优秀教师，全国第四届"五个一工程奖"、第十一届中国图书奖、全国第五届青年读物一等奖和二等奖等全国奖的获得者。散文《泰山一片月》曾选入北京语文出版社出版的全国七年级语文读本（上册）。还有多篇作品被选入省编中小学语文教材。

让石头唱歌的演奏家

——林智远和北港文创村

◎建 安

昔日,"平潭岛,光长石头不长草,风沙满地跑,房子像碉堡……"的民谣,唱出几多苍凉和悲怆。石头,一度成为平潭岛落后的代名词。

而今,走进福建平潭流水镇北港文创村,一座座石头屋错落有致,与参差的梯田、无垠的大海相映成趣,构成一幅浓淡相宜的山水画。原生态的石头屋建筑群和渔耕生活,加上独特的滨海地貌,让这座君山脚下的古村落独具魅力。

来到北港村,怀抱村庄的海湾涛声阵阵,一眺千里,"石头会唱歌"艺术聚落就"等候"在村口。

夕阳下,坐在古厝前,面朝大海,来自台湾的林智远醉情地敲打着面前的石头,锤子跳动的脚步,"哆来咪发嗦"配合着哗啦的涛声,引来驻足的晚霞。

"这是北港村附近山上盛产的火成岩,这种石头久经风吹日晒,有了灵性,一敲打,它就会和你对话。"他挥舞着锤子,橘红色的光,照亮了坚毅面庞的轮廓。

"只要你愿意,石头也能谱出全新的生命乐曲。"他说,"我们希望用艺术和民宿的概念，让平潭的石头焕发新生命，让更多的梦想开花。"

结缘北港

平潭，是福建第一大海岛，位于闽东部海域，形似麒麟，由126个岛屿和700多座岛礁组成，素称"千礁岛县"。岛上旅游资源丰富，有"海滨沙滩甲天下，海蚀地貌冠全球"的美誉。

平潭岛与台湾隔海相望，是中国大陆距离台湾最近的岛屿，与新竹直线距离仅68海里（约125公里）。

平潭岛处于太平洋和台湾海峡主航道上，是连接长三角、珠三角，连接海峡两岸，联系东亚、南亚，联通太平洋、印度洋的战略节点，也是"一带一路"倡议的重要枢纽。

自古以来，岛民们就地取材，利用平潭岛上丰富的石材建造房屋，形成了独具特色的石头厝建筑群。

而林智远和平潭石厝，仿佛是种奇妙的缘分。就像元曲里说的，"水面云山，山上楼台，天与安排"。

林智远，1989年出生于台湾，也长期生活在台湾，曾在台湾打工、求学，做过文创产品，开过民宿。他长得高高瘦瘦，脸上总是露出羞涩的笑容，可藏在眼镜后面的却是笃定、坚毅的目光。

第一次上岛，是在2015年4月。林智远和父母到平潭旅游，清风古厝，碧海银滩，蔚蓝天空，独特的海岛美景和人文风情，让他流连忘返，并萌生了留下来的想法。

"凡事预则立，不预则废。"林智远通过网络、朋友等多种渠道，了解平潭的政策——2011年11月，国务院批复《平潭综合实验区总体发展规划》，赋予了平潭7方面28条比经济特区更加特殊、更加优惠的配套政策。

而更让林智远兴奋的是：平潭作为全国唯一的对台综合实验区，习近平总书记等中央领导高度重视，多次做出重要指示、批示。2014年11月，习近平总书记亲临平潭视察时强调，实验区是"全国独创，要继续探索"，"要保护好生态环境，建设国际旅游岛"，"要以建设新兴产业区、高端服务区、宜居生活区为目标，致力打造台湾同胞第二生活圈"。

在一系列政策的叠加之下，平潭已逐步构建起对台政策"新特区"，在这里任何新生事物都可以尝试，任何新政策都会先行先试。

和许多台商一样，在平潭大开放大开发的政策和活力之下，林智远被深深吸引了。

两个月后，2015年6月，林智远和妻子许琳宜来到平潭，在澳前小镇入驻台湾免税品市场"阿里山馆"，经营自家"松木工坊"的茶叶、手工品等特产。

此前，我曾组织挂职干部开展大调研，并起草了《平潭综合实验区文化建设发展纲要》。一天，实验区文联的同志带着林智远到我办公室，他向我了解有关台湾专才到平潭创业的相关政策、平潭文化产业发展前景，以及北港文创村等，这些激起了他极大的兴趣。

过了几天,林智远和许琳宜来到位于平潭东北隅的北港村。这里的房屋、阶梯甚至围栏都是由青石垒砌,有些石厝有近两百年的历史,仍保存完好,浓缩着平潭最为质朴的村土乡貌。

石头屋的古朴、村民的热情,给林智远留下了深刻印象。一座座石头厝犹如一座座记录海岛生活和历史的博物馆,引起他极大的兴趣。

林智远兴奋地说:"北港的景致太美了,你看,红瓦片、青石板、石头厝,家家屋顶都能看海,住在这里就觉得特别的宁静安逸,是个很有味道的地方。"

"那个时候,陆续有当地的朋友带我们逛平潭,第一次来到北港,我们就对这里情有独钟。觉得这里的人好景也棒,就很想再来。我们听不懂平潭话,北港当地有的村民不会讲普通话,可我们通过手脚比画,也交流得非常好,这里的村民很有人情味。"温文尔雅的许琳宜回忆起当时的情况,开心地笑着,"我们在台湾宜兰有经营过几年民宿,本身就喜欢文创。北港的石头厝对我们来说很有吸引力,很喜欢这种古朴的感觉。"

此后,林智远和许琳宜经常到北港游玩,并和村民们打成一片。

"刚来玩的时候,当地村民会好奇我们这些生面孔是从哪里来的,会很热情地询问。"许琳宜说,"其实平潭话和台湾话有几个音是相似的,而且台湾也有一个'北港乡',听到就觉得特别亲切。我们还会互相送礼物,我送当地的婆婆台湾手工皂，她们也会送我青菜等一些农产品。"

"除了我们之外，我的婆婆也很喜欢这里，空气好，村民十分亲切，很适合养生。而且从台湾来平潭，非常方便。刚来平潭租房的时候，就很想租石头厝。"许琳宜说。

更重要的是，他们认识了北港村的支部书记陈松柏。

凭借平潭发展的大好时机，陈松柏利用北港村依山傍海，具有突出的海洋文化、石厝文化和海岛旅游等元素，通过多方筹资，开展乡村环境整治、美化绿化、扩建村道等行动，还修建了停车场、码头休闲广场等基础设施。

"这几年我们一直在做改造提升工程，在经过合理的规划设计后，北港村美丽乡村的建设大见成效。"陈松柏说。

2015年，北港村被确定为省级美丽乡村示范村，同年11月被列入第一批福建省级传统村落名录。

梦想照进现实

创业恰似吃菠萝，只要加点盐，就会流出甜蜜的汁液。林智远夫妻所在的平潭台湾创业园，帮助他们加了点盐，让梦想照进现实。

2015年8月，平潭台湾创业园正式开园，力图为两岸青年创业者搭建低成本、便利化、全要素创业平台，成为以创新创意为特色的"创梦空间"，签约入驻的企业中台湾青年占半数以上。

2015年12月，平潭宣布启动国际旅游岛建设，激活平潭打造差异化旅游产品，发展海洋旅游、文体旅游、购物旅游、乡村旅游等产品体系。

2016年，平潭台湾创业园入选国台办公布的第四批海峡两岸青年创业基地和示范点，它的政策辐射到北港村，台湾青年在北港村都能享受相关政策扶持。

"志不强者智不达。"在诸多思想火花碰撞之后，林智远和许琳宜二人决定将自己的项目朝"艺术聚落"这个方向定位。

2016年新春过后不久，3月，林智远带着画家、陶艺家、摄影家等9位台湾艺术家来到北港，向村民租下了8栋石头屋，开始了设计、施工和装修。

他们住进民居，和当地村民交心，去倾听村子里的故事、物件的历史。夜风习习，北港村小学老旧的桌椅、滩涂上废弃的渔网、海水退潮时遗留的漂流木……都奏响着亲切、质朴、悦耳、和谐的曲子。

刚建好的"老柴咖啡"屋，空气中散发着丝丝香甜的气味，一旁的展示架上摆放着精心制作的各种文创产品：以北港村风景为主的明信片，印着北港石头厝风光的陶瓷杯子，独具创意的石头彩绘，等等。

值得一提的是，古朴精致的展示柜，由北港某小学废弃的窗户改造而成；二楼供客人喝咖啡的桌椅，也是由小学废弃的桌椅窗户等木料重新组装而成……

"我们喜欢利用北港当地的东西，用巧思和创意来包装它，这样更能凸显北港当地的特色，也能很好地融合这里文创的主题。"说起这些，许琳宜显得意气风发。

对设计的精益求精体现在每一个方面，许琳宜让院子里的树与草、花与叶都有自己的姿态，与建筑相得益彰。站在任何一个角度，都能有好看的自然之景，就像林语堂写的："最好的建筑是这样的，我们深处其中，却不知道自然在哪里终了，艺术在哪里开始。"

然而，建设民宿的过程并不总是一帆风顺，他们也迎来了许多阻碍。改造过程中，比较困难的一点是，如何把自己的理想和现实浓缩在一个石头厝里面。

许琳宜说："北港的石头厝很好看要尽力保留下来，可是维护和整修的费用大大超出预期，怎么办？再则就是设计想法和在地执行也会有落差，比如说原木的家具和一些装饰很好看，但是这里海风频繁，就必须用铁的东西。"

"对，对，是这样，把我们的创意装进这些石头厝中。利用这里现有的资源，让人们感受到原汁原味的平潭，寻找古老村落新的可能性。"林智远看着光彩焕发的石厝，激动地说。

"你们看，他到这里激动得像个孩子。"许琳宜和大家开着玩笑。

回忆"石头会唱歌"开办初期，陈松柏支书坦言，如何转变村民观念，解决存在的矛盾成了首先要攻克的难题，他熟知北港村的村貌、民情，为此，他主动承担起村民和台湾创业团队之间的沟通协调工作。

"首先就是要解决租房子的问题,因为这些老房子都是几代人传承下来的,产权不明晰,所以我们得要挨家挨户动员做思想工作。"陈松柏说,"房子的改造问题、民宿发展等问题也一一显现出来,我要经常和台湾青年创业团队一起探讨发展,和村民分享心得想法和新的观念。"

林智远说:"每当我们需要帮助或遇到问题的时候,我们首先会想起陈松柏支书,他总是义不容辞地帮助我们。对我而言,平潭有种回到家的温暖感觉。"

2016年3月租下石头屋,4月动工,6月初"石头会唱歌艺术群落"正式开业,时间的紧迫令这个团队不得不加班加点赶工。

开业前一个星期,天气很差,狂风暴雨,雷电交加,可是民宿还没有装修完。许琳宜和团队的另外两个女生从城关冒着暴雨开车到北港加班,停水停电,临时让水电师傅接了电;连续三天加班到一两点,和水泥,装饰墙壁……

许琳宜说:"我们对这里的一草一木,一砖一瓦,都倾注了很多感情。在平潭的台湾朋友也很多,希望带给他们亲切的感觉,也给慕名而来的游客家的感觉。"

"石头会唱歌艺术聚落"诞生了!它成为北港村引入的第一家经营民宿的台湾团队。

咖啡吧、DIY文创体验馆、民宿相继闪亮登场,集民宿、文创、料理等元素于一体,用文化和艺术点亮了一间间老屋,平潭石头重新焕发出耀眼的光彩。

2016年6月7日下午,伴随着一阵悠扬悦耳的石头打击乐《望春风》,"石头会唱歌艺术聚落"开业仪式暨艺术展开幕仪式揭开帷幕,我应邀参加并致辞。

演奏者是一位台湾青年,他所采用的乐器都来自平潭君山的石头,经过简单的创意加工,形成了别具一格的"石头打击乐器"。

现场,台湾特色的撕画、木作、皮雕、创意中国结以及用羊蹄甲花做成的"蝴蝶"等作品,吸引了众人的目光。

现场人气最旺的,当属"染坊手工坊"了。游客不仅可以现场体验手工染色的全过程,还能享受自己创作图案带来的成就感,不少游客"全家上阵",其乐融融……

诗人海子说:"我有一所房子,面朝大海,春暖花开。"这样的诗情画意,是对北港村美景最好的诠释。

现在,在"石头会唱歌艺术聚落"的带动下,北港村已成为两岸文创的交流平台,不少台湾艺术家来此寻求灵感,交流创作,体验北港的独特味道。

来自台湾的歌手王美珠,就创作歌曲表达她心中对北港的热爱:"那澎湃的蓝天海洋/隐藏对爱的渴望/感动在风中飘荡/那里是我的方向/那里没有悲伤/那里是我的地方/回家/回家……"写歌是她生活的一部分,其创作的100多首歌曲中,大部分都吟唱着她心中诗情画意的北港。

王美珠说:"北港就是我梦想中的家园。"借助北港的旅游开发,她选择一边唱歌、一边开办"风中旅行"文创工坊。

工坊向孩子提供DIY手工体验，包括玻璃彩绘、漂流木的创作、木头项链等。

"来北港旅游，不仅可以欣赏美景，体验慢生活，还可以让孩子有不同的手工体验，这样的模式在台湾很受欢迎，在北港也一定能成功。"王美珠已将4个孩子都带到了北港，一家人逐渐融入了这里的生活。

"这里很有故事，我也一直在构思，希望能为北港、为平潭创作更多原创歌曲。"对于未来的规划，王美珠说，除了带好孩子、经营好手工坊，她想好好唱歌，让北港的游客在有故事的歌声里，放慢自己的脚步和心灵。

做有温度的民宿

民宿是一个有个性、有温度的地方，它让来往的人成为归客。

这是"石头会唱歌艺术聚落"里的互换一家民宿，名字叫"石厝人家"。

海子在诗里写："给每一条河，每一座山取一个温暖的名字。""石厝人家"给每一栋楼、每一间房都取了温暖的名字——明月归、九月、有朋、寻津问楫……

对美好生活的注解，不仅体现在取名字上，也体现在服务的每个细节上。

一天下午，一对情侣办好入住，男生支开女生，神神秘秘地回到吧台，对前台帅哥小五说："今天是我认识女朋友四周年，我想给她一个惊喜。"

"OK，把想法告诉我们，你们先去周边逛逛。"小五眨眨眼睛，狡黠地笑笑。

于是，当他们推开房门的刹那，几束美丽的鲜花、一盒心形巧克力、四瓶啤酒、一只 Hello Kitty（凯蒂猫）、几串闪烁的温暖的小彩灯静静地在床上整齐列队，当然，不止于此，还有一张卡片，上面写着：

"亲爱的凌琳 And 迪豪：很感谢你们今天入住我们民宿，也感谢你们让我们遇到最幸福的恋人。今天，这里是完全属于你们的二人世界，好好珍惜在一起的每一寸时光吧！BY：石头会唱歌"

凌琳的眼泪，瞬间夺眶而出……

夏青来自河南郑州，一想到元旦放假三天，心里就美滋滋的，总算可以实现去看海的心愿。她早早预订了"石头会唱歌"民宿。原本下午抵达福州，可因为天气原因，晚点了。到达长乐机场时，已是晚上八点多，把她愁得不行。

"服务太好了，我一下飞机就接到他们打来的电话，已经帮我联系好车子接机。"夏青说，"我到北港的时候都快十一点了，他们一直等着我，为我精心准备晚饭，介绍岛上情况，怕我冷，还送了暖宝，真的好贴心！下次去，还会选择住这里。"

这样温暖的故事不胜枚举：

侯老师、竹子、宝宝，入住一周每天不重样的早餐，让他们都不想回北京了。

三个来自新疆、内蒙古的美女，受到感动，半夜不睡觉，用几十根仙女棒，完成"石头会唱歌"造型，夜幕降临时，仙女棒的闪光引来此起彼伏的赞叹声。

还有，可以聊天喝茶的芳香客厅，可以赏月、看海的石厝阳台，可以BBQ（烧烤）、篝火的花草院落，可以相识相交觅知音的茶室，可以自己下厨的厨房，可以带来美梦的捕梦网……这些都是石厝里民宿的寻常，助在海岸边造一个世外桃源的梦想成真。

2017年12月，冬至越来越近了。冬至是平潭人一个小团圆的节日，家家户户必定会包"咸米时"，这一天平潭人相互间的问候，可能会从"你吃了吗"变成"你吃咸米时了吗"。

林智远和许琳宜商量过后，决定邀请北港村民集体包"咸秫"，一起和在地村民体验最道地的传统节日。

冬至上午九点，北港村民陆陆续续来到"石头会唱歌艺术聚落"，个个喜气洋洋，互相打着招呼。

"春妹，你来了？"

"是呀，是呀，小林叫我们来，我就来了。"

"这两个娃，什么节日都要叫我们来搞搞活动，自己的孩子在外地，我看，小林夫妻俩比自己的孩子都想得周到，哈哈哈……"

2017年春节，林智远一家在北港过年，他们策划了音乐会、包饺子等活动，邀请游客、村民一起到聚落里过节。

林智远说："我们家在宜兰，如今在平潭也有家，其实都是一个家。我们是新平潭人，已经融入平潭生活。在哪儿过年都一样，两岸本来就是一家。"

转有趣的转盘领取充满儿时记忆的小礼物、在艳阳高照的冬天吃一杯绵绵软的冰激凌、人气爆棚的骰子十八乐、麻雀Bingo（一种游戏）、弹弓猎人……

这样热闹的春节，那几天盛开在艺术聚落，不仅北港村民领略到别样的快乐，还让村子里停满了慕名而来的外地车子。

在"石头会唱歌艺术聚落"，林智远经常举办各种艺术展，邀请台湾的书画、文创大师到聚落来现场展示才艺。

"北港是一个新的窗口，因为我们在这里，台湾的年轻人很愿意来看看。"他说，"最近来的10个艺术家，有9个是从未来过大陆的。我把他们的作品留在这里，他们就会想着再来，来往交流密切之后，与这里的土地就会有情感。"

台湾画家陈孟志刻画的北港石厝，有蓝天的留白，有海鸟的飞翔，有古厝的淳朴，让前来的游客赞不绝口。他说："北港村的景色和台湾的景色比起来有不一样的味道，更纯朴自然，风景宜人。"

画上有石厝，画外是石厝。这些作品镶嵌在石头厝古朴墙壁上，岁月的纹理与画框的线条对撞出不一样的视觉冲击，整面墙壁看过去就如一件艺术品，别有一番味道。

这里的天然染工坊，琳琅满目挂着色彩鲜艳的服装、丝巾、装饰艺术品等，它们都由天然染布做成。

"我们提倡自然，推崇原生态的东西，太多化学的东西，会对我们的皮肤有伤害。"台湾工艺师林静敏说。

一边是成品展览,一边是手工体验坊。提供给游客体验的手工作坊,有天然染DIY,还有石头彩绘、木屐彩绘等手工活动,游客可以完成一件件精致的手工染布作品,体验手工的乐趣。

许琳宜轻声细气地介绍:"目前主要引进台湾的文化,将来会注重本地文化的挖掘和创作,让两岸文化在平潭民宿里有更进一步的交流。"

她还说:"有些人用美食,有些人用环境,我们是用艺术民宿的概念。每个人对石头厝、对文创充满想象,我们现在就是将文创的建构展示出来,将它打造成一个艺文空间。有艺术馆,有手工作坊,未来甚至是音乐表演,艺术的表现不仅在视觉上,还在听觉上,这能提升民宿的内在品质和体验文化氛围。"

梦想在歌唱

2017年1月19日,"远方的惦念"2017华侨华人春节联欢晚会在福州海峡奥林匹克体育中心拉开大幕,晚会吸引了全世界300多位著名侨领及全国各省侨联主席参加。

晚会由中国侨联与福建省人民政府联合主办,围绕"祖国惦记你"和"海外游子情"两条主线,共分为《民族根》《华夏情》《中华魂》《同心缘》几个篇章,彰显全球华侨华人共筑"中国梦"的愿景和贡献。

《平潭石头会唱歌》打击乐于第二篇章中登场。

"快回来食饭咯!"

"奶奶,我就回来!"

清脆的童音响起,熟悉亲切的平潭方言响彻大厅。稚嫩的童声和教师情景音诗化的表演,将人带入平潭无忧无虑的乡间生活。

"石头唱的歌让台湾的叔叔阿姨听见,他们沿着歌声踏浪而来,并爱上了这方水土,他们扎根平潭,和我们一起建设国际旅游岛,还让石头唱起美妙的歌声。"童音落下,悦耳悠扬的琴音响起,身着白衣的舞者随之进场。

铁锤敲打在石头之上,与琴音、鼓声谱出一首动听的《茉莉高山青》。舞者翩然起舞,演绎着敲打石头的动作,与空灵清脆的石头音乐相辅相成,融为一体。

"平潭的石头真的会唱歌哎!"一曲落下,观众席上掌声雷动。

晚会的执行导演卢捷说:"平潭的石头会唱歌,台湾青年在这里创业,两岸的乐手合作表演,展示平潭石厝文化和对台特色。且打击乐本身节奏点的演出,就是可以直达人心的,表现力挺好。"

让林智远骄傲的是,这首《茉莉高山青》是由两首歌曲重新编排而成,分别是耳熟能详的大陆歌曲《茉莉花》和台湾《高山青》,展现出平潭是共同家园的理念。

他深情地构思着未来:"我们也寄希望于平潭最单纯的石头音乐,能让全世界的华侨华人知道,平潭的石头在呼喊大家,有时间就回来看看。"

寻常时分，在"石头会唱歌"古朴的民宿内，经常可以听到两岸青年组成的演出队伍认真地表演，唱歌与朗诵、情景表演相组合，以君山的石头打击为主轴，配以鼓、锣、木琴等一般打击乐，结合中国传统的腰鼓以及平潭本地的十番乐器等，搭配灯光，或清脆或激昂，一曲曲优美动人的歌曲久久回荡在海上。

"这边石头的特色是乐音蛮纯的，清脆，加上我们的木琴比较低音，颤音铁琴也比较清脆，演奏有高有低有轻有缓，层次非常丰富。"台湾知名的"PUNCH打击乐团"团长简任廷说。

而今，在"石头会唱歌艺术聚落"，除了林智远和许琳宜这对"夫妻档"外，还聚集了其他9位来自两岸的年轻人，他们在依山傍海的石头厝里，一起为古老村落的"推陈出新"打拼。可以预见，伴随着平潭国际旅游岛建设方案尘埃落定，更多人将来到平潭倾听石头美妙的歌声。

未来已来

改革开放只有进行时，没有完成时。

平潭，正在开创未来。平潭，延揽八面来风。

壮怀万里，云路千程。平潭综合实验区建设两岸共同家园的宏伟蓝图，在建设者们的手中继续展开，一步又一步地成为现实。一个又一个优惠政策，带给北港无尽的动力。

2016年，平潭综合实验区管委会确定建设北港村为"两岸文创村"，成为平潭台湾创业园的孵化器和实践基地。即以文创为主题，引进两岸文艺青年、名人名家设立工作室，建设两岸共同家园文化创意聚落区，同时整合周边原生态山、石、田、海资源，打造原生态海岛渔村文化旅游目的地。

2016年，作为平潭项目建设年，总投入2189.85亿，年投入365.5亿，建设平潭国际旅游岛。以项目建设的大推进、大突破，强力助推实验区经济社会发展的大跨越。

2017年，为鼓励台湾青年来岛创业，平潭综合实验区管委会出台《台湾创业园扶持措施实施细则》，在创业场所、资金、人才等方面给入园企业以有力支持。

作为台湾创业园的创客实践基地，平潭北港文创村也纳入台创园政策扶持范围。

林智远感慨地说："平潭北港文创村纳入平潭台创园的一个基地，这里的台湾青年也能拿到生活补贴、薪资补贴。现在每个月都有台湾朋友到平潭来，他们走走看看，了解当地真实的创业环境。"

从华侨大学毕业的李冠霖和青岛籍女朋友，都在"石头会唱歌艺术聚落"里工作。李冠霖说："相比台湾，大陆现在给台湾年轻人的机会很多，政策也很好，我正在申请就业补贴，我的梦想就从平潭开始。"

2017年1月，福建省委书记尤权、省长于伟国带领省直有关部门负责人踏上岚岛，走进北港文创村，来到台湾创业青年中间，与大家亲切地聊创业创新、聊民宿文化、聊旅游发展……

尤权书记对林智远说，这样的老房子改造，用巧思创意突出了北港特色，既保留了乡土情怀又简洁舒适，"希望你们把台湾民宿的成熟经验带到平潭来，把更多石头厝改造成这样的民宿，通过民宿这个载体带动闽台文化创意的融合"。

"我们要把你们的特色民宿、文化创意、优美歌声宣传出去，让越来越多人知道、听到，来到这里。你们的事业一定会更红火！"于伟国省长说，相信未来会有更多青年加入这里，致力打造两岸旅游和文创的共同家园。福建将不断优化政策环境，持续搭建创业平台，为台湾青年朋友来平潭就业、创业提供更好的发展空间。希望大家在这块风光秀美、充满机遇的热土上追逐人生梦想，实现人生价值。

2017年4月，福建省旅游局发布首批优秀创意旅游产品评选结果，平潭北港文创村从申报的181个项目中脱颖而出，获得"福建省首批优秀创意旅游产品"称号。首批入选的产品被认定为有一定的独特性、首创性、领先性、吸引性，具有引领和示范作用。

在更多游客的旅行记忆里，如今的北港村和石头厝的"文艺范"，犹如宫崎骏画笔下的童话城堡。

2017年9月，前来参加"2017平潭国际海岛论坛"的几名嘉宾十分喜爱北港村流露出的艺术气息。午间，嘉宾们坐在"石头会唱歌艺术聚落"外的休闲椅上晒太阳，久久不愿挪步，享受着"绿树村边合，青山郭外斜"的惬意和恣情。

意大利巴勒莫大学博士伊莲娜·康希格里奥说，这个渔村面朝大海的生活，渔民缓慢的生活节奏，让人心驰神往。

"投资俄罗斯"全俄社会组织副主席阿卡德利·阿梅林说，眼前这个古老渔村是中国极好的文化景观，应该好好地保存下来。

"民宿不仅是供游客吃饭、歇脚的地方，还是一个可以让人们体验文化、迸发创意的场所。"林智远说，"接下来要扩大规模，开发新的文创项目，预计2018年8月'石头会唱歌'将有全新面貌，希望它能够成为福建响当当的民宿品牌。"

村民张更生一家是北港当地人，拥有多栋石头屋，由于房子年久无人居住，仅用来放置杂物，显得十分破落杂乱。随着"石头会唱歌艺术聚落"发展壮大，北港村入驻的文创团队也越来越多，纷纷租赁改造石头民宿。张更生的房子被人相中成功租出，如今一栋石头房每个月至少有1000元租金收入。

这种情况并不少见，村子里共有200到300栋石头房子，空置无人居住的大约有60多栋。

现在，"石头会唱歌"已有10栋石头屋。每天都有来自全国各地的游客在海滩上逐浪，在石厝旁留影，在台湾小镇里游逛。周末时，小小的北港村日均游客有1.5万人。

陈松柏支书说："游客的增加也带来了旅游经济收入的增加，村里年总产值可以达到8500多万元，人均纯收入2.76万元。"

"我有近30年的党龄，支部书记也当了24年，作为党员也好书记也好，我都有责任为村民谋福利求发展，带领村民把北港打造好、建设好，给子孙后代留一个美丽的北港。"陈松柏说。

如今，艺术聚落已步入正轨。有了更多的时间，林智远受聘为平潭"台湾创业园"运营方副总经理，经常上台演讲，介绍创业经验。

"立志欲坚不欲锐，成功在久不在速。"两岸一家亲，海峡不再宽的远景，不再遥远。平潭，召唤更多有识之士。北港文创村的创业之风，掠过浪尖，从海上吹来。

"两岸同胞是命运与共的骨肉兄弟，是血浓于水的一家人。我们秉持'两岸一家亲'理念，尊重台湾现有的社会制度和台湾同胞生活方式，愿意率先同台湾同胞分享大陆发展的机遇。"党的十九大报告句句铿锵，直抵人心！

未来已来，我们看到了！

建安，中国作家协会会员。

一半翅膀一半帆（外二章）

——题泮洋石帆

◎ 苏　忠

倘若不是飞过沧海的蝴蝶驻足，怎会有一对翅膀泊在东海之上，振翅欲飞的还有万顷波涛？

倘若不是苏醒的麒麟已插上翅膀，水彩画里的平潭岛怎会凌空折回，前呼后拥的还有无休止的壮阔台风？

倘若不是居中艨艟巨舰，怎会有征帆扯起在无垠蓝天下，劈波斩浪把海天万里独行？

倘若不是寰宇日转千里，怎会有大石竖立汹涌汪洋，万千载不歇不颓让星飞云散成蒙太奇？

泮洋石帆，泮洋石帆！

无论是翅膀还是风帆，蹈虚的形而上的皆为意志之外的情绪。

意志不在时，从来都是情绪当家。

有时候情绪逗留在"前朝帝子舟"上，尘世那么多是非，江湖那么多追杀，即便海水薄如蝉翼，不系之舟也不愿前移半步。

有时候情绪飘忽在蓬莱大仙和哑童的手语里，看到了月色里脱落的点点蓝眼泪,传说并不负责几张仙纸与大海的起承转合。

有时候情绪耽搁在从前渔民的祭拜中,两片风帆前的磕头就不止一帆风顺,归来时一定有古铜色的笑容满面鱼满舱。

现在的问题是,为了一种情绪或情绪的虚构,有人已挥霍了半部海水。

而意志也在赶路,它在途中,穿过一根根晨昏光线。

它不会隐身。

说来比情绪更绵长的是意志。

惊惶者于是手指泮洋石帆,说,那就分家吧,一半归情绪,一半归意志。

尔后,新一轮台风也在太平洋深处酝酿,飞翔也朴素,或为翅膀,或为帆樯。

梦游的在身后,神和整面大海也跟在身后。

夜宿珠峰大本营

过于浩大的背景,不是来自天堂,便来自地狱。只有珠峰,是来自人间。

此时云雾散去,星光满天,珠峰是个盘膝打坐地球的白发老人,因收容了四面八方的狂喜和悲哀,显得像一尊佛。

此刻是 2018 年 7 月 16 日,在珠峰大本营,沉睡的上绒布寺边,一个有高原反应穿着厚衣服的失眠者,小心翼翼地挪动脚步，深呼吸，一点点的风也稀薄，而头顶的星星和脚边的珠穆朗玛河，则受惊似的骨碌碌地转……

　　缺氧的脑袋往往装着哲学家的智慧。尽管脚下的土地，前些年雪崩时曾埋葬过许多梦中的旅人，尽管大本营的前方是小本营再前方是登山者一长溜的墓地，失眠者似乎很平静，没有畏缩，没有担忧，也没有低头。

　　失眠者是挑了这个日子来登山的，这是他的生日。他知道，登高之后，他将沿着下坡路走回内心。

　　他将记得这一生的分水岭。

　　那么多秘而不宣的日子走过，窗棂紧闭的荒草让门神侧脸，透了纸背的卜卦成了失踪者，枯了的水井没有涟漪，幽灵是阴影的断续咳嗽。

　　回音深处，一个脚印是一处疤痕。

　　返折的路途并不比登高轻松，故而失眠者将能攀登的最高处视为走回内心的最低处。

　　他数着河滩上的荒凉乱石，他描摹着过去，他目测着未来。他清楚，许多往事都仰头望着他，那是内心的数不清的囚徒。

　　就像他仰望着喜马拉雅山，仰望着珠峰，他也是佛的囚徒之一。

　　他泪流满面，他低号，他无声比画。

　　他知道，这是出走的沉默，是生死之外唯一能放生的魂魄。

　　——受惊的还有点点反光。

　　哦，是去而复返的圆月高悬。

赛里木湖追笔

雪山在湖对面。

湖泊太空旷，雪山的倒影星星落落洒在湖面，像一群孩子在溜冰，喊也没回音的那种。

蓝白杂糅的时候，我愿意在湖畔坐下，端详远处的山光。

说实在的，这种雪山与雪山的影子，完全出乎我的意料。即便我一再调整眼光和角度，还是找不到那种粗犷、端庄或圣洁的模样。

倒有一个意境再而上心：这是一群种植的雪山。

意象盘桓之后，也就接连想到了，一个白发老翁在湖边浇灌、拔草、喷水，有时拨开云雾，有时撩开阳光，长年累月照料雪山。

湖这边倒是有很多野花，各种颜色都有，我走到哪，他们就跟到哪，像溜冰回来的小屁孩跟你讨玩具。

你不敢不给，又不敢多给。

就怕给多了，这小野花一笑，就是一个赛里木湖。

现在想来，许多印象都淡了，还记起，湖边的白云也多，路一转水一绕都有，不期而遇的那种，像牧人喉咙里吐出的歌谣。

天也是大片的蓝。

苏忠，福建连江人，中国作家协会会员，中国散文学会会员，中国文化管理协会理事，北京城市发展研究院特约研究员，出版长篇小说、随笔集、诗集、散文诗集等9部，作品发表于《诗刊》《十月》《花城》《人民文学》《民族文学》《作家》《中国作家》《北京文学》《青年文学》等刊物，诗作曾被翻译成蒙文、藏文、维吾尔文、朝鲜文、哈萨克文等发表。

吼出来的爱情

◎ 林朝晖

一

我到十七中队任指导员的那天，天上下着蒙蒙细雨，我的心情也像飘飘荡荡的细雨一样杂乱无章。

十七中队位于黄莲坑，黄莲坑那地方经济落后，当地百姓曾自嘲地说：黄连（"莲"的谐音）已经够苦了，又掉到坑里去，那不是苦上加苦吗？！到这样的山旮旯里任职，对我这个地方名牌大学毕业后，就分配在支队机关宣传股里耍笔杆子的天之骄子来说不啻是个沉重的打击。两天前，支队吴政委找我谈话，问我对组织上的决定有什么想法时，我的眼里蓄满泪水。吴政委见我这副模样，便知道我对去十七中队任职有想法，他并没有让我把一肚子的苦水倒出，而是拍了拍我的肩膀，笑眯眯地说："小林，到基层锻炼，会去掉身上的奶油味，多一份军人的沉稳和刚毅。"

我始终不明白支队的那些战友为什么给我起了个"奶油小生"的绰号，事实上我觉得自己够阳刚，我经常像日本硬汉高仓健那样站在窗口，深邃冷峻的目光瞥向远方，在军营，我喊的口令也很有气势，可大伙还是不分青红皂白硬生生地把"奶油小生"的绰号扣在我的身上，让我非常沮丧。

到了黄莲坑，十七中队的指导员吴山峰早已在中队的营房外等待，我和支队干部股黄股长一到，他便急不可耐地迎上前来，替我提行囊，却被我冷冷地推开，我说："你这是黄鼠狼给鸡拜年，没安好心。"

吴山峰听了我的话，脸青一块白一块。

我敢拿吴山峰开涮当然有道理。我到黄莲坑任指导员，支队流传着这样一个版本：吴山峰在黄莲坑待怕了，为了离开这个地方，他让自己怀孕八个月的妻子挺着大肚子去找支队领导，要求解决夫妻两地分居的问题。吴山峰妻子一把鼻涕一把泪，打动了支队领导，最终让他们做出我到十七中队任职，吴山峰到支队接替我位置的决定。

跟在吴山峰身后的是十七中队中队长吴本山，他中等个子，脸黑，精瘦，见到我，一副波澜不惊的模样，好像事态的发展都在他的意料之中，他朝我伸出手，不冷不热不愠不火地说："欢迎林指导员到任，以后我们就是搭档了。"

我握住吴本山伸出的手，发现他那粗糙的手心并没有什么热度，看得出，吴本山对我的到来并不怎么欢迎，而我对吴本山也没留下什么好印象。其他中队主官到支队机关办事，经常会到我们这些小干事办公室串串门、拉拉呱、开开玩笑，而吴本山到机关办事，从不串门，每次都是匆匆地来，匆匆地回，就像一位行走于江湖的独行客。平日,我们之间只有点头之交,和这样的人做搭档,会有什么样的结局,我心里没数。在来中队的路上,干部股黄股长向我介绍吴本山的简历,他说,吴本山当兵就在十七中队,在那里摸爬滚打多年后,成为中队主官,可在中队长的位置上干了三年多时间,却还是原地踏步,去年底,任职时间满三年的他本来很有希望提拔,可却被别人挤掉,吴本山非常沮丧,他打了转业报告,但却没递上去……介绍完吴本山的简历,黄股长长长地叹了口气,说:"上面千条线,下头一根针,在基层当主官累呀!"

吴山峰匆匆与我的工作交接后,便低着头离开了。

那天,吴本山带我到中队转了一圈,他一边介绍中队的情况,一边向我诉苦说这个家不好当,地处荒山野岭不说,还得整天训练值班,一个月难得请假外出一次,更要命的是现在的兵不好带,民主意识强,时不时给你折腾些事情。听了吴本山的牢骚话,我的心顿时凉了半截,与这样没有工作热情的人做搭档,中队建设要想上台阶,简直就是痴人说梦。

二

来中队的第二天,吴本山就给我一个下马威。

那天晨跑,吴本山一开始就如脱缰的野马向前狂奔,争强好胜的我也加快了步子,可能是前程发力太猛,我跑得一圈后,两腿便开始发抖,只好望着一个个战士从身边超过,跑在队伍最后的我气喘如牛，装在军装口袋里的两把亮光闪闪的钢笔也随着我的身子上蹿下跳，笔与笔之间相撞所发出的叮当声与滞重的脚步声成了跑步中不和谐的声调。

跑了三圈之后，吴本山非常轻松地套了我一圈，当他迈着矫健轻快的步子从我身边穿过时，他掉过头，用充满蔑视的目光瞧了我一眼，并做了一个非常张扬夸张的动作，他的这个富有挑逗性动作让我义愤填膺，我铆足全身所有的力量，向前追赶。我的突然加速让吴本山不知所措，尽管他也加速，但还是被我赶上，我们俩齐头并进向前奔跑，战士们看到我俩较上了劲儿，纷纷停下来给我们让道，并鼓起了掌。

跑了一圈后，吴本山见没把紧紧黏在他身边的我甩下，又跑了一圈，但还是没甩下我。泄气的他停下了步子，气喘吁吁地说："看不出林指导员后劲挺足呀。"

我不知道吴本山说这句话是在夸我还是在损我，毕竟跑了五圈，我被他整整套了一圈，脸面无光，但我后半程的死缠烂打，还是挣回一点脸面。

跑完步，吴本山带领中队官兵站在山坡上，面对群山，开始长吼。

吼山是吴本山在十七中队的发明，一年之计在于春，一日之计在于晨，黄莲坑这地方温差很大，早晨冷，晚上热，由于在山里，蚊子特别多，战士们晚上经常睡不好觉，早晨出操时老提不起精神，为了给战士们提神，吴本山别出心裁发明了吼山，每个战士都对远处连绵的群山吼，吼的时候整个人要放松，气沉丹田，把一夜的浊气、闷气、怨气全部释放出来，声音在山壁间回荡，久久不绝。

黄莲坑的清晨就像一杯淡淡的清茶，战士吼山的时候，朝霞从山的那一边探出了头，照在每个战士的脸上，显得格外的英姿勃发富有朝气。

战士们吼完之后，吴本山做了一个让我上的手势。我马步张开，面对群山吼叫，也许是太想在中队官兵面前露一手了，我的第一声吼叫音调高亢，但后来就接不上了，声音在山谷里打了个转就没了回音。

轮到吴本山上场了，就像一部电影的压轴戏，他慢悠悠地走上山坡，略微一仰头，蓄在丹田的吼叫就像拧了开关的水龙头向外喷发。

"哟——哟——哟——"

那一声声的长吼亢而不厉、柔中有刚、刚中有柔，山谷间经久不息地回荡着他的吼声，山野顿时变得清澈透明、豁然开朗。

中队官兵跟着吼，一浪压过一浪，吼山结束后，每个人都变得精神抖擞，体内蓄满张力。

我在十七中队的第一次亮相，虽然有点蹩脚，但也不能说失败。

也许是命中注定我这个新任指导员要经历许多磨难，我上任后不久，二年度兵张笑军跑进我的办公室，告了一期士官班长钱月兵一状。

张笑军说今天走队列的时候，因为自己的一个动作不规范，钱月兵狠狠地踢了他一脚。他把自己的军裤向上一卷，露出了膝盖上的一个红点点。我的手轻轻地碰了一下那个红点点，张笑军就像被电击中了，霍地从凳子上跳将了起来，痛苦地在房间里转起圈子。

我顿时火冒三丈，军委三令五申不得打骂体罚新兵，而钱月兵却明知故犯，为了严肃军纪，我决定给钱月兵来个下马威。我找来了钱月兵。钱月兵高身材，大块头，挂一张黑长的糙脸，操一副底气十足的野嗓门，浑身上下都散发着一股冲人的雄性气味。

在我的追问下，钱月兵承认打了张笑军。

吃过晚饭后，我把钱月兵打人的事告诉吴本山，吴本山听了我的话，一副波澜不惊的模样，他邀请我到营区外走一走。

黄莲坑的傍晚像杯浓茶。柔柔的夕阳，绚烂的晚霞，横卧在不远的天边群山。燕子和麻雀在田野里俯冲穿梭，蜻蜓在空中翩翩起舞。这里看不到城市的车水马龙，听不到城市的喧闹嘈杂，却充满神秘和温馨。

"走，我们一块到南京路上走一走。"吴本山拖着我进了一条小巷。

小巷子长近200米，宽不到2米。小巷的两边居住着当地的居民，最大的特点是路的中间有一盏泛着淡光的路灯。吴本山带我进了一家茶庄，我们一边泡工夫茶，一边闲聊起来。吴本山告诉我，这条小巷之所以被战士们起名为南京路，那得从小巷里的那盏路灯说起。黄莲坑这一带非常闭塞，战士们休息时间出来溜达只能到这条小巷，有一回，一位上海兵和他的战友们到小巷溜达时，看到那盏高悬在电线杆上的路灯时，禁不住发出一声感叹："哇，这盏灯怎么和电影《霓虹灯下的哨兵》里的那盏路灯那么相像。"另一个战士立即接上："那我们中队不就成了南京路上的好八连了?!"从那天起，战士们戏称这条小巷为南京路。

"一盏灯，两杯茶，三分情意，四两闲情，这样的日子过得不是很惬意吗？"吴本山品茶的时候，眯缝着双眼，一副陶醉的模样儿。

吴本山这副悠闲的模样让我不知道他的葫芦里究竟卖的是啥药。

"林指导员，你上过高等学校，学问比我这个粗人渊博，能不能告诉我掌兵之道？"吴本山目光直直地射向我。

我觉得这是在吴本山面前展现自己才华的一次绝好的机会，便开始讲述古今中外名将的带兵之道，我口若悬河，吴本山听得津津有味。当我高谈阔论结束，静等吴本山夸奖时，却不料他的嘴里冒出这么一句话："你讲得道理很高深，在我看来，带兵没那么复杂，用一个字就可以概括。"

"什么字？"

"悟！"

那天晚上，我躺在床上琢磨着吴本山的话，觉得他话里有话。看来，钱月兵打人事件并不是那么简单，必须了解事情的来龙去脉，然后再做决定。

"嘟——"我的手机响了。

刚接通电话，那边便传来女性略带沙哑的声音："林小峰，这几天跑哪去了，怎么不跟姑奶奶打电话？"

"支队安排我到十七中队任指导员。"

"那你怎么不提前告诉姑奶奶。"话筒那边的声浪压得我喘不过气。

给我打电话的是我的女友刘丽芳，我俩是在公共汽车里认识的。那天，有个小偷在偷乘客的钱包时，被一位妙龄女子逮了个正着。小偷想反抗，但妙龄女子的手像钳子一样夹住了他，让他动弹不得，正当妙龄女子拿出手准备把小偷铐起来时，他身边的几个同伙忽然围了上来。在同一辆公共汽车上的我拔刀相助，和妙龄女子珠联璧合的拳脚打得那几个小偷哭爹喊妈。几个回合下来，小偷们个个都趴在地上，我和刘丽芳一块把他们铐起来，扭送到派出所。

到了派出所，我才知道妙龄女子是市刑警大队的刑警，名叫刘丽芳。

当我离开派出所时，被刘丽芳叫住了："谢谢你今天鼎力相助，敢问你是哪路神仙？"

"市武警支队的一个小干事。"

刘丽芳斜了我一眼："看来你平日的功夫没白练，今天都派上用场了。"

我笑了笑："我的花拳绣腿哪比得上你的真功夫。"

刘丽芳点点头："看来你还有自知之明！"

我没想到眼前这位长得还算秀气的女刑警居然对着镜子作揖——自己恭维自己，看来这是一位比韩国电影《我的野蛮女友》中的那位刁钻的女主角还要酷的腕儿。

见我低头不语，刘丽芳说："你不要不服气，实话告诉你，姑奶奶的武功和中央电视台热播的女子特警队中的霸王花旗鼓相当……"

现在姑娘都喜欢装嫩，但眼前这位妙龄女子却把自己称作"姑奶奶"，听起来既刺耳，又让人忍俊不禁："你就不怕自己把牛皮吹破？"

"实话告诉你，姑奶奶可不是个喜欢往脸上贴金的人，你若觉得我是在吹牛，咱们赌一把。"

"赌什么？"

"掰手腕。"

"掰手腕可是男人之间的较量，你行吗？"

"巾帼不让须眉，今天咱俩就比个高低。"

我俩摆开架式，杀了个天昏地暗，却分不出高下。

俗话说：不打不相识。交过手的我和刘丽芳见了几次面后，便擦出了爱情的火花。

"你怎么不说话呀，快告诉姑奶奶十七中队在什么地方？"声浪震得我耳根发麻。

"十七中队在黄莲坑。"

"那地方怎么样？"

"风景迷人,适宜修身养性。"我违心地说。

"过几天,姑奶奶去看你。顺便也看看黄莲坑的风景。"

刘丽芳挂了手机,我额头上的虚汗却冒了出来。

三

我找钱月兵和张笑军所在班的战士了解情况,他们告诉我,钱月兵班长最大的优点是军事素质好,但性子急,遇到哪个兵不听话,他会一锅滚油倒上了凉豆子——噼里啪啦地爆起来,而张笑军性格内向,平日不爱说话的他有一个带锁的小木箱,训练或者上靶场时,他总喜欢把小木箱带在身边。对于张笑军的这种做法,钱月兵挺反感,但并没有表露出来,那天上训练场走队列时,看到张笑军又抱那个小木箱,钱月兵忍不住批评了他,岂料张笑军不仅不接受,反而脸红脖子粗地申辩说,小木箱是他的定海神针。钱月兵要张笑军打开小木箱,让大伙瞧一瞧里面究竟装着什么,可张笑军说什么也不肯打开,经过一番争执,张笑军最终把小木箱放回宿舍,重新来到训练场的时候,张笑军显得魂不守舍,钱月兵替他纠正了好几次动作,但张笑军仍频频出错,钱月兵恨铁不成钢,便上前给了张笑军一脚。这一脚钱月兵踢得并不重,但张笑军却夸张地躺倒在地哇哇大叫……

了解事情的来龙去脉之后,我决定去找张笑军,当我来到张笑军宿舍时,发现他正痛苦地倒在床上。

"怎么啦？"我问。

"刚才走楼梯时，不小心把脚扭了。"张笑军低垂着头。

我在大学念书的时候，曾跟一个老中医学过推拿按摩。看张笑军痛苦的模样，便打来了一盆热气腾腾的洗脚水，尔后伸出手抓住他受伤的脚，为他做按摩。张笑军见了，顿时慌了手脚，他想推辞，但我有力的手却已经牢牢地抓住了他受伤的脚，并把它轻轻地放进热水盆里。热水盆就像一块磁铁，把张笑军的脚深深地吸引住了，他能感受到我的手在他扭伤部位轻轻地揉，我一边给张笑军做按摩，一边跟他拉呱。在张笑军放松的情况下，我慢慢地加大了劲，尤其是我的大拇指，就像一根针准确地刺进了张笑军疼痛的穴位。

我恰到好处的按摩使张笑军的疼痛减轻许多，当我要离开时，看到钱月兵端着一碗香喷喷的面条走了进来。

班长的这一举动多少有点出乎张笑军的意料，他想站起身子，却被钱月兵有力地按了下去。

"你脚扭了，就在床上好好休息，不要起床活动，你的一日三餐，我负责给你送。"钱月兵的目光里充满了柔情。

张笑军不好意思地搔了搔头。

从张笑军宿舍走出后，我和钱月兵一块走到营房边的山坡上。

"月兵，你认为张笑军这个兵怎么样？"

"是块璞玉，只要花时间雕琢，就会发出耀眼的光芒。"

"雕琢的过程，要用心，不能用脚。"

钱月兵的脸顿时红到了耳根:"指导员,我那是恨铁不成钢,说心里话,踢了张笑军那一脚后,我的肠子都悔青了,我愿意接受组织的任何处理。"

刚任指导员,我的第一把火原准备烧向钱月兵,给他一个处分,让我在中队官兵中树起威望,也让吴本山对我刮目相看。但没料到那天晚上,扭了脚的张笑军却一瘸一拐地来到我宿舍为钱月兵求情,他说班长关心部属,平日对他们嘘寒问暖,那天是因为自己不听话,班长才生气,踢了他一脚,那一脚踢得并不重……张笑军说到动情处,眼里的泪水"哗哗"地流出。

这时候,我才意识到在基层当主官的难处。在机关,与我们这些小干事打交道最多的是一份份材料,那一个个文字死板板地躺着,任我们折腾摆布,而在基层面对的是一个个生龙活虎的战士,中队主官做出的每一个决定,都可能牵一发而动全身。

正当我为如何处理钱月兵感到头痛时,刘丽芳突然杀到中队,打了个我措手不及,仓促应战的我带着她到营房附近走了一趟。为了讨得我这位野蛮女友欢心,我不断地卖弄自己肚里的墨水,一会儿唐诗,一会儿宋词。我心里明白,只要刘丽芳喜欢上了这地方,我和她之间的爱情就能结出果实。但令我失望的是刘丽芳的脸上始终网着一层淡淡的愁雾。

当我把她带回营房,刘丽芳狠狠地掐了一下我的手,杏眼圆睁:"林小峰,看不出来呀,你还是个忽悠大王。"

看得出来,刘丽芳对我到这么个偏僻且交通不便的地方任职相当不满，我隐约感到我俩之间的爱情可能要歇菜。

刘丽芳来到中队的那天晚上，吴本山亲自下厨，准备了丰盛的饭菜，邀请我和刘丽芳入席，本来刘丽芳不准备吃这顿饭，但拗不过吴本山的盛情邀请。席间，吴本山的眼转转我，又闪闪刘丽芳，许是看出些什么，他长长地叹了口气，说："俗话说'铁打的营盘流水的兵'，当军人真累，今天在这里工作，没准儿明日一张调令下来，你就不得不卷起铺盖到另一个单位报到，你想转业，因工作需要却走不成，过些年，你不想转业，因工作需要领导要你走，你尽管一肚子的怨气，但不得不走，这就是部队，我们都是流水的兵，别看我们平日嘻嘻哈哈，一副男子汉志在四方的模样儿，其实内心深处却是愁肠百结、牢骚满腹。"

吴本山的话并没打动刘丽芳，她依旧一副冷若冰霜的模样儿，吴本山又开始趁热打铁："刘丽芳，你要理解军人，林小峰是我的搭档，他的军事素质好，人长得又英俊潇洒……"

"嘀，吴中队长，你可不要吹破牛皮，林小峰长得一张小白脸，他和英俊小生隔着十万八千里，他的军事素质怎么样，我最清楚，实话告诉你，他掰手腕还赢不了我，丢死人了。"

"可有此事？"吴本山气急败坏地掉过头来狠狠地瞪了我一眼。

我的脸涨得通红。

"那算不了什么，林小峰军事素质虽然不怎么样，但人家肚里有墨水，是支队呱呱叫的笔杆子，这样的人才打着灯笼都找不到,实话告诉你,我还想把我大学毕业、在一家电脑公司上班的表妹介绍给他呢,我这表妹一直托我在部队为她物色对象。"

吴本山说罢,"啪"一声把一张相片拍在桌上。

刘丽芳斜了照片一眼,照片上的年轻女子如出水芙蓉亭亭玉立。

"林小峰,满意吗?"吴本山朝我努了努嘴。

我心里暗暗高兴,摆出一副坐看风云起,稳坐钓鱼台的架势。

"林小峰,你倒是说话呀。"吴本山提高了嗓门。

刘丽芳依旧斜眼看我。

我轻轻咳嗽一声之后,说:"情人眼里出西施,在我眼里刘丽芳是最美的,你的表妹哪比得上她呀。"

我的话音刚落,刘丽芳就狠狠地瞪了我一眼,冷冷一笑:"林小峰,看来你还挺会忽悠的,要记住我是刑警大队的,你和吴本山在唱双簧,这小儿科的把戏岂能瞒得过我的火眼金睛。"

刘丽芳这么一说,我只好招供,说那张相片不是林小峰的表妹,而是国内一位不知名的三线女演员。

看到我立即叛变革命,林小峰皱眉瞪眼,一副恨铁不成钢的模样儿。

谈话就这样不欢而散,刘丽芳离开时,我与林小峰为她送行。

望着刘丽芳渐行渐远的身影,我的眼里涌动着泪水。

吴本山这个老江湖,一眼便看出了我的心思,他轻轻地踢了我一脚,说:"林小峰,你既然这么爱刘丽芳,就朝她吼上几句。"

吴本山这么一说，我只觉得一股热血往头顶上冲，便梗起脖子，吼："刘——丽——芳，我——爱——你！"

跟吴本山吼了一阵山之后，我发现自己吼山的水平大大提高，声音开始变得高亢且有力，再加上我把对刘丽芳的所有爱都融入其中，听起了让人觉得情深义重、荡气回肠。

刘丽芳听了我的吼声，并没有回头，但肩膀开始一耸一耸的。

吴本山狡黠一笑，说："林小峰，你即将失去的爱情，被你吼回来了。"

我丈二和尚摸不着头脑，问："吴本山，你又开始睁眼说瞎话了，刘丽芳连头都没回，怎么可能又重新爱上我呢？"

吴本山狠狠地踢了我一脚："我说林小峰，你是不是书读傻了，刘丽芳肩膀一耸一耸的，那不是在流泪吗？能让女汉子流泪的男人，她会舍得放弃吗？"

四

事实证明吴本山的判断非常准确，刘丽芳走后第三天，给我发了条微信：经过姑奶奶慎重考虑，决定将我们的爱情进行到底。

我的嘴都笑歪了，立即回复：坚决按姑奶奶指示办！

带着这份好心情，我和吴本山商议如何处理钱月兵打人事件。

"你是指导员，在如何处理兵的问题上最有发言权。"吴本山把球踢到我这边。

"既然张笑军强烈要求不要处分钱月兵，我看这事就大事化小，小事化了。"

"你的心肠太软了，钱月兵打人这件事，中队官兵都知道了，不处分怎么也说不过去。"

"钱月兵打人事出有因，处分起来心痛呀。"

"看来你把'悟'字学透了，'悟'字分解开来是'五个嘴、一颗心'，其中心最重要，有爱兵之心、体贴之心，是带好兵的前提，但对兵也不能溺爱，现在的兵，比我当兵的时候复杂多了，懂得转着弯儿玩脑筋，我们这些基层干部一不留神，就会被绕进去。"

"那你说如何处分钱月兵？"

"让他在军人大会上做检讨，然后，由你宣布对他的处分决定。"

"什么处分比较合适？"

"严重警告！"

"下手是不是重了点儿？"我差点从凳子上跳了起来，因为在这之前，我已经了解到钱月兵是吴本山的老乡，两人平日关系相当不错。我原先认为吴本山会偏向他，可没想到他居然下手这么重，看来社会上流传的那句"老乡老乡，背后一枪"还是有道理的。

"说心里话，处分钱月兵，我比你更心痛，钱月兵是我的老乡，我们平日关系很好，以至于平日中队有战士说我和他是穿一条裤子的……"吴本山为了掩饰自己的情绪，点了一根烟。

那天的军人大会，当钱月兵做完检讨之后，我宣布了中队党委给予钱月兵严重警告处分的决定。当我宣布处分决定时，战士们不是去瞧钱月兵，而是纷纷把目光聚焦到吴本山身上，看他有什么反应。此时的吴本山正襟危坐，表情严肃。我的话音刚落，吴本山就接过我的话茬，他强调了中队严整军纪的重要性和必要性，并对中队的未来发展提出了自己的设想，他的手臂在空中有力地挥了一下，说，十七中队已经五年没评上先进了，今年我们要铆足劲，哪怕是掉一层皮，也要拼上先进！吴本山的话铿锵有力、掷地有声，引来了雷鸣般的掌声。

开完军人大会，我找钱月兵和张笑军谈心。

张笑军低着头，一脸的羞愧，钱月兵并没因为受到处分而感到沮丧。他一见我，便紧紧地攥着我的手说："指导员，我对这个处分服气，十七中队要想争创先进，就得从严治军。"

我说："月兵，虽然你挨了处分，但你在我们中队官兵心目中仍然是个好班长！"

我的话音刚落，张笑军像小孩子一样扑到钱月兵的怀里。"哇"的一声哭了出来。

钱月兵的眼眶里也涌满了热泪，他的手轻轻地抚摸着张笑军的头说："你不该内疚，内疚的应该是我呀。说心里话，那一脚踢在你脚上，却一直痛在我心里，班长对不住你呀！"

当中队把今年工作的目标锁定在争创先进中队的时候，我发现在黄莲坑的日子变得充实滋润了起来。每天早晨，我跟着队列出操，在操场上跑步。原先，我在支队机关跑步总是落在后面，可自从与吴本山在操场上较上劲后，我发现跑步这个看似乏味的项目，其实很有味道，当我加速时，我能感觉山里粗粝的风从耳边呼啸而过，能感受到心脏有力的跳动，能体会到脚下的地面微微的颤动，能听到落脚啪哒啪哒的声响，尤其是跑步进入缺氧期时，我总是咬着牙对自己说："跑——前面的那棵榕树就是终点。"跑到榕树边，我又咬着牙对自己说："跑——前面的那片竹林才是终点……"挺过了最困难时刻的我，变得身轻如燕，健步如飞。

刚来中队时，吴本山跑得比我快多了，渐渐地，我的速度开始加快，大有长江后浪推前浪的味道，中队官兵看到我们两个主官在拼速度，也纷纷加快了速度，对于我们的加速，最高兴的莫过于钱月兵了，那回处分并没有使他消沉，反而激起了他的斗志，他像海燕一样高昂着头，一马当先跑到队列的最前方，他边跑边掉过头，这时候，张笑军总会从奔跑的人群中蹿出，奋起直追领先的钱月兵，钱月兵要的就是这个效果。加油、冲刺，操场上你追我赶，浓重的汗气在奔跑的队伍里翻滚，就像带着咸味的海水在冲击着每个人的嗅觉，团队精神就在这一刻与肉体完全融合在了一块，最终，奔跑的队伍化成一条谁也拧不断的绿色飘带。

跑完步，我们照例来到山坡上吼一吼。吼的时候，我发现吴本山每吼一声，总要凝眸远眺黄莲坑深处的那所小学校舍。

十七中队的官兵都知道,吴本山的恋人名叫黄春莺,在黄莲坑小学当语文老师,黄春莺长得一张可人的瓜子脸,留着一头飘逸的长发,她那标准又好听的普通话就像一粒粒珍珠滑过丝绸,轻盈而空灵地撞进吴本山的心扉。

在中队待上了一段时间之后,我听老兵说,吴本山之所以爱吼山,那是因为他与黄春莺之间的爱情故事与吼山有关。当我问起吴本山真有此事时,吴本山一脸的深沉,真弄不明白他的葫芦里究竟装着啥药。

恋爱期间,黄春莺常到中队,黄春莺是个热心肠的姑娘,中队战士参加各种考学,她都来中队为战士们耐心地做辅导,中队战士亲昵地称她为"编外指导员"。

吴本山吼山的时候,我们经常可以看到黄春莺在校舍边,向吴本山挥舞着黄手帕。吴本山只要见到黄春莺在远处望着他,心情就格外舒畅,吼声变得犹如鸟嬉于枝头,羊乐于坡草。

可最近一段时间,我发现吴本山吼山的声音变得很凝重,在吴本山吼山的时候,黄春莺的身影也没在校舍边出现。

"吴中队长,这些日子,我怎么没看到未来嫂子到中队?"我随意问了一句。

吴本山的脸阴沉了下来,低着头闷声不响地走了。

那天晚上,我躺在床上看书时,吴本山走了进来,他的脸略微有点阴沉。一看他这副模样,我知道他有心事,便把书搁在一边。

"林指导员,我心里有个疙瘩,想请你为我解开。"

"你说说吧。"

"那我就敞开天窗说亮话,我想与黄春莺分手。"

"为什么?"

"我当兵就在黄莲坑,学校毕业后又分配回黄莲坑,在这个山沟沟里,头尾加起来有十多年的时光了,我想离开这个鬼地方。"

"想离开这里,与你的爱情有何关系?"

"怎么没关系,今年年底,我要么转业,要么提升,离开黄莲坑基本上是板上钉钉,我离开后,黄春莺却还在黄莲坑当老师,我这么个没有任何背景的农家子弟根本没办法调动她的工作……"

"吴本山,我问你,你爱黄春莺吗?"

"爱!"

"那就行了,爱情的力量是神圣而伟大的,黄莲坑虽然偏了点,但并不会成为你们爱情的绊脚石。"

吴本山无奈地笑了笑:"可现实让它成了绊脚石,林指导员,今天我就实话实说,我这人不高尚,想在市里找个对象。"

"你在市里有目标了吗?"

"前几天,一个老乡介绍了一位在银行工作的姑娘,见了一次面,感觉不错。"

我无语。

"林指导员,你要帮我。"

"怎么个帮法?"

"我最近有意疏远黄春莺，叫她不要到中队来，但要我对她说分手，实在开不了口，毕竟我们深爱过，黄春莺很脆弱，我没勇气提出，想让你帮我传话给她。"

"这……"

"林指导员，这个忙你一定要帮！"吴本山拉下了脸儿。

那是明月当空的夜晚，我到黄莲坑学校找到黄春莺。

"黄春莺，你觉得吴本山这人怎么样？"

我的话点燃了姑娘的热情，黄春莺涨红脸："一个相当出色的军人，我喜欢！"

平日对自己的情感遮遮掩掩的黄春莺却敢在旁人面前真实地表露出自己的情感，让我多少有点始料不及。

"其实你并不了解他，吴本山这人表面看确实不错，有事业心、责任感，但真实的他却是一个坏胚，特会用善的一面掩盖丑陋的一面，比方说……"

"比方说什么？"黄春莺饶有兴致。

"比方说他在爱上你的时候。"我不得不咽下一口唾沫说，"又爱上了另一个在市区工作的姑娘。"

"你真会开玩笑。"黄春莺咯儿咯儿地笑。

"我说的都是实话。"我满脸的凝重，"而且他更爱市区的那位姑娘！"

如五雷轰顶，黄春莺孤零零地戳在那儿，她那双黑大的眸子深处忽然涌出大滴大滴的眼泪……

回到中队，当我把经过告诉吴本山时，我发现吴本山并没有像我想象的那样长长地出一口气，他木桩儿般怔怔地戳在那儿，脸上布满了阴霾。

一阵静默。

黄莲坑的天说变就变，刚才还是明月当空、满天星光，突然之间却变得漆黑一片，伸手不见不指，紧接着刮起了风，响起了雷，下起了倾盆大雨。

"走，我们一块去哨所瞧瞧。"吴本山拉着我的手。

十七中队执勤点位于山坡上，每逢打雷下雨，我和吴本山都带上手电到哨所看看正在执勤的哨兵，查一查哨所附近有没有什么隐患。

在哨所执勤的是张笑军，面对突如其来的暴雨，心里有点紧张，再加上不知从什么地方传来似是而非的敲门声，好像离他很近，又像离他很远，他的汗毛顿时竖了起来，我们的到来无疑给他壮了胆。

查哨的时候，我又看到那个小木箱正工工整整地搁在前方的桌子上。

"笑军，你的小木箱里藏着什么宝贝呀？"我问。

张笑军低着头。

"能告诉我吗？"我轻轻地拍了一下张笑军的肩膀。

张笑军还是低着头。

我笑了笑："你拥有不说的权利，但我还是希望你能告诉我心中的秘密，如果是好事，我可以与你一块共享，如果有难题，我会想方设法替你解决。"

走出哨所，天上仍然下着大雨。吴本山走出几步后，忽然脱下了雨衣，任大雨淋湿他的衣襟。

我急忙将雨衣重装披到他身上。吴本山肩膀一耸，又把雨衣抖落。

"中队长，你为什么要这样折磨自己？"

"因为我痛。"吴本山指了指自己的心脏。

五

军事舞台是让男人找到梦想的地方。

在十七中队指导员的位置上摸爬滚打几个月后，我这个学生官开始慢慢悟出了掌兵之道。作为一名指导员，用好手下的兵，让他们在部队发挥自己的专长，是指导员工作的重点，也是指导员工作的难点。过去，我随支队工作组下基层蹲点时，总喜欢问基层干部一个问题：你能叫出中队里所有战士的名字吗？在基层待了一段时间后，现在，我觉得自己问的这个问题多少有点幼稚。中队的每个战士的名字，我早已烂熟于心，甚至他们个头有多高，穿几号的军装，穿几码的军鞋，家里有几个人，经济状态如何，我都一清二楚。但光知道这些表象的东西，并不一定就是一个称职的指导员。在我看来，一个好的指导员既要洞察秋毫，又要推陈出新，跟上时代的节拍。

记得刚来中队时，我上政治课的方法非常简单，那就是

"灌"。有一回给战士上政治课,当我照本宣科地念一篇很长的政治理论性很强的文章时,教室里传来拉风箱似的呼噜声,这声音简直要把我的声音压下去,我气得七窍冒烟,抬起头一瞧,发现坐在角落的钱月兵闭着双眼,歪着的头靠在墙壁上,并有节奏地打着呼噜,一线极浓的口水沿着嘴角流出都浑然不觉。

我大声呵斥道:"钱月兵,我在上政治课,你为什么打呼噜?"

钱月兵打了个激灵,醒了过来。

"亏你还是个班长,中队战士如果都学你,我这个指导员还怎么当?"

"指导员,我觉得你念的文章好比白水煮黄爪——淡而无味。"心直口快的钱月兵反将了我一军。

钱月兵的话音刚落,教室里便响起了炸耳的笑声。我气得两眼冒烟。那如同灭火器一样的目光扫了一下教室,顿时扑灭了如同火苗星子般冒出的笑声。

"钱月兵,你马上去写一份检讨书,晚上交到我手里。"此时的我有点乱了方寸,叫钱月兵写检讨书,其实是在给自己找台阶下。

经历了这么一件难堪的事情后,我意识到只有了解战士的内心世界,才能做好思想工作。

为了把战士们认为原本枯燥乏味的政治课上出味道,我改变上政治课的方式,针对战士在军事训练、个人进步、婚姻恋爱和家庭涉法等方面经常遇到的难题，搞了场别开生面的答战士问。

那天，首先向我提出问题的是钱月兵，事实上，钱月兵所提的问题是我在上课之前写给他的。之所以这样做，当然有我的想法。现在的战士谁也不知道他会问些什么问题，万一答不上来，那面子可丢大，不如先让钱月兵问一个我最擅长回答的问题。

钱月兵提问后，我口若悬河、滔滔不绝地回答。完美地回答完钱月兵的提问，我略有点儿紧张的心顿时平静了下来。面对其他战士的提问，我变得妙语连珠，其中有一位一年度兵问道："林指导员，我觉得部队的军事训练太辛苦了，每天一到训练场，我的心里便很烦，你说怎么办？"

我笑眯眯地说："我先给你讲个小故事，从前有一个老财主，愁眉苦脸的他背着金银财宝到处寻找快乐，可他走过千山万水，却寻不到快乐。于是，他沮丧地坐在山道旁，这时，一个农夫背着一大捆柴草从山上走下来，财主说：'我是个令人羡慕的富翁，请问为何没有快乐？'农夫放下沉甸甸的柴草，舒心地揩了揩汗水说：'快乐很简单，放下就是快乐！'财主顿时开悟：是啊，自己背着沉重的财宝既怕人偷又怕人抢，整天提心吊胆，快乐从何而来？于是，他放下财宝，用它去救济当地的穷人，从此，富人不再受惊吓，反而因帮助穷人，受到了穷人的感激和爱戴而变得快乐起来。"

我的话音刚落，钱月兵就接过话茬："我知道指导员要表达的意思：快乐其实很简单，训练就是快乐！"

我笑了笑："钱月兵说得不错，训练很苦，但苦中有乐，作为一个军人，如果你的军事素质不过硬，不就白当两年兵了？要想把自己练成一块钢，就得把军事训练当成一项快乐的事业来干！"

我的回答引来满堂喝彩。

那堂政治课上得非常成功，课上完了，战士们给予经久不息的掌声。

其中掌声最热烈的是张笑军。当我走下讲台时，张笑军跑到我身边，支支吾吾地说："林指导员……我想……跟你谈件事。"

这些日子，我发现张笑军愁眉不展，可当我靠上去问他时，他却什么都不肯说。我虽然有点失望，但还是没有失去耐心。"精诚所至，金石为开。"我相信张笑军一定会向我吐露心中的秘密。

在空旷的山坡上，我们停下了步子。

"笑军，你有什么心事，就敞开心扉说出来吧，或许我能帮助你。"

张笑军踌躇了一阵后，最终还是把深埋在心底的事说了出来——

原来张笑军有一个美满的家庭，父亲是村里种植蔬菜的大户，母亲是个贤妻良母，夫妻恩爱，日子过得很甜蜜，可后来，有钱的父亲有了婚外恋，从那天起，父母就经常发生争吵，张笑军是家里的独苗，他非常不愿意看到一个美满的家庭支离破碎,在他的小木箱里珍藏着一张父母和他的彩照,这张相片成了他的心里支柱,他把这张相片带在身边,看到父母甜蜜的笑容,心里便觉得特别温暖,他企盼父母能重归于好。可前些日子,张笑军听说父母要闹离婚,心如刀绞,但却不知道用什么办法挽回父母间的感情危机。

张笑军把难题出给了我,我经过一番思考后,叫张笑军给父母发份电报,叫他们立即赶到中队,有急事商议。

张笑军的父母到中队后,我把他们一家人带到南京路上的那家茶馆泡茶,当袅袅的茶香飘出时,我讲起了我爷爷和奶奶的故事——

我爷爷病重的时候,奶奶一直在身边陪伴,一只爬满皱纹的手紧紧地握住另一只爬满皱纹的手,他们就这样静坐着没有声音,后来,奶奶太疲劳,我们劝他去休息,由我来陪爷爷,过了一会儿,爷爷痛苦地呻吟起来,我急忙去叫医生,医生和家人忙乎了一大阵子,爷爷还是嗷嗷叫个不停,这时候,奶奶回来了,她那枯老的手轻轻地握住爷爷的手,爷爷立即安静了下来,脸上露出孩儿般的笑容……

见我讲的故事已把张笑军父母完全吸引住,我话锋一转说:"执子之手,与子偕老,人生其实很短暂,你们夫妻俩恩爱了那么多年,应该珍惜这份沉甸甸的情感呀。"

我边说边打开张笑军的那个小木箱,木箱里的那张全家福相片赫然映入眼帘:张笑军的父母十指相扣,面带微笑,他们的前面站立着清纯可爱的张笑军。

"你们的儿子到部队后,一直把这张相片当作自己最珍贵的物品保存,他不希望自己美满的家庭就这样破碎了呀。"

张笑军的父亲原先就对自己的婚外恋有悔意,我的一番话更是让他后悔不已,我的话音刚落,张笑军的父亲眼里便涌出了眼泪……

那天,他们一家三人抱在一块痛痛快快地哭了一场,张笑军的父亲发誓,回家后要与第三者斩断情丝。

一场家庭危机就这样被轻松化解了。

渐渐地,我在十七中队找到了施展抱负的舞台,赢得了官兵的尊重,这会儿,我真切地体会到吴政委让我到基层任职的良苦用心。

六

转眼到了九月,吴政委突然带领工作组来十七中队考核。

对于工作组的突然到来,吴本山和我都镇定自若,我和吴本山之间的"磨合期"已过,现在两人配合默契,心往一块想,劲往一起使,中队的各项工作开展得有声有色,官兵士气高昂,我们正翘首等待支队机关来考核呢。

考核的第一项是五公里越野,中队所有官兵参加,钱月兵在前面领跑,整个队形如一只翠绿的羽箭,向前飞掠。离终点越近,这只羽箭飞行的速度越快。带队前来考核的吴政委禁不住吃了一惊,而更让他感到吃惊的是我这个支队机关公认的文弱书生居然健步如飞，跑在队伍的前列。

五公里考核出色的发挥大大地鼓励了中队官兵的士气，在接下来的各项考核中，中队的成绩都达到优秀。

考核结束后，吴政委先与中队骨干谈话，然后再找吴本山个别谈话，最后找到我。

吴政委说："我一看到你，就发现你变了，原先小白脸一个，现在皮肤变得乌驹般黑。再一握手，发现你那细皮嫩肉的手变粗变壮了，掌心结出了厚厚的老茧。"

我说："这都是政委栽培的结果。"

吴政委笑道："臭小子，怎么拍马屁的技术也见长了。"

我说："我的话发自肺腑。说心里话，政委当初叫我到基层任职，我并不情愿。可来了之后，与战士们朝夕相处一段时间后，我发现自己的情感开始融进这块土地，我爱手下那些质朴可爱的兵！"

我说这话时，眼里闪动着雾一样的东西，吴政委见我动了真情，便倒了一杯茶水，亲自端到我的面前。

"林小峰，现在我们谈正事，如果你们中队要评一个标兵干部，你认为这人应该是谁？"

"吴本山！"

"理由。"

"来十七中队任职后，我发现吴本山带兵艺术俨然天成，似乎与黄莲坑周围大山的灵韵有着七扭八弯的连接，甚至通着血脉，他能用一个眼神去驱动中队官兵，在与战士们抽一根烟的工夫,就能让战士说出内心隐秘的世界。"

"没那么神奇吧。"吴政委点着了一根烟,"刚才在与战士谈心的过程中,我倒听说你用喝一杯茶的工夫,就让战士张笑军想离婚的父母重归于好。"

我听出政委话的弦外之音,他心目中标兵干部的砝码是倾向我的,但我还是为吴本山据理力争:"十七中队能有今天这个局面,主要功劳应该记在吴本山身上,我到中队后,是他手把手教我如何带兵。中队开展的每项工作,他都是身先士卒……"

与吴政委谈完话,当我走出中队学习室时,站在门外鬼鬼祟祟的吴本山把我拖到一个无人的角落。

"你推荐谁当中队标兵干部?"吴本山瞪大眼睛。

"你推荐了谁?"我反问道。

吴本山拍了拍自己的胸脯。

"理由。"我像吴政委那样端起了架子。

"我已经在中队长的位置上干了将近四年,今年年底如果不提拔,就得转业到地方工作,为了能留在部队,只好毛遂自荐了……"

"可你这样做,就不怕被领导笑话。"

"我觉得没什么。今年我铆足劲地干,一来想为中队评上先进,二来也想让自己的职务往上提,有作为才有地位呀。"

"吴本山,我发现你这人很自私。"我按捺不住心头的怒火,"为了在城里安家,就甩掉初恋情人黄春莺;为了职务能往上提,就把中队取得的成绩都揽到自己身上。"

吴本山的脸青一块白一块。

我想拂袖而去的时候,又被吴本山嬉皮笑脸地拖住:"告诉我,你推荐了谁?"

"吴本山!"我亮出了底牌。

"理由。"

"因为他确实干得很出色,我服气!"

我说这话时,吴本山眼里有亮晶晶的东西在闪烁。

那天检查完工作,吴政委带着工作组离开,我和吴本山到操场为他们送行,握手告别的时候,吴政委忽然拍了一下脑壳,说:"刚才忙于考核,忘了一件事,林小峰,你是不是在和市刑警大队的警花刘丽芳谈恋爱?"

"算了吧,刘丽芳如果算得上是警花,那满世界奔跑的都是美女。"

"可不能贬低自己的女朋友。"吴政委端起了领导的架子,"要知道警花这个称号是我们支队第一政委、市公安局黄局长起的。昨天,我和黄局长一块吃饭,他说,你们武警支队一个叫林小峰的警官真有能耐,居然俘获了刑警大队警花刘丽芳的芳心。"

吴政委停了下来,他的手拍了拍我的脑说:"黄局长还说,刘丽芳前天在解救人质中受伤,现在正住在市人民医院,怎么没看到林小峰这兔崽子去看她?"

"她没跟我说呀。"我的心提到嗓子眼上。

"那你赶快上车,我们一块去市人民医院看她。"

一路风尘赶到市人民医院,只见手上缠着绷带的刘丽芳正在吊瓶,我的到来让她既惊讶又高兴。

"你受伤了,怎么不告诉我?"我责怪道。

"受了点轻伤,没什么好大惊小怪的。"刘丽芳大大咧咧地挥了一下手。

两天前,一个公安部通缉的罪犯逃到市区,遭到警察的围追堵截后,穷凶极恶的罪犯逃窜进某居民房里,绑架了一名正在做饭的女子,并向包围上来的警察索要20万元现金和一辆可供他与人质逃跑的吉普车。

由于罪犯身上绑着炸药,现场的领导决定让一名神枪手乔装成百姓靠近罪犯,并寻找机会击毙罪犯。这个沉甸甸的任务落在了刘丽芳身上。

当刘丽芳提着提包靠近罪犯时,罪犯的心动了一下,但马上又恢复了凶神恶煞的模样,他举着手里的枪恶狠狠地问:"你是不是便衣警察?"

"大哥,看你说到哪去了,我是银行职员,专门来给你送钱的。"刘丽芳朗朗的笑声回荡在幽静沉闷的屋里。

罪犯绷紧的心弦渐渐松弛了,他伸手去接提包,就在这一刻,刘丽芳亮出了手枪,罪犯伸出的手赶紧收回,并举起了枪。

这是多么准确的一枪,罪犯握枪左手绽开一朵血色的花朵,罪犯号叫一声倒下,垂死挣扎的他也扣动了手枪的扳机,子弹穿过刘丽芳左手皮肤表皮,鲜血直流的刘丽芳手并不软,她迅捷地开了第二枪，子弹准确地击中罪犯的头部……

"现在想起来，还真有点后怕，罪犯那发子弹如果从姑奶奶脸皮擦过，那就破了相……"刘丽芳长长嘘了口气。

"没关系，即使破了相，我还要娶你，因为你是我心目中的女神。"

我的大胆表白让刘丽芳羞红了脸，吴政委咳嗽一声后，欲往外走。

"小峰，你跟政委一块走吧，不要因为我这点小伤耽误工作。"

吴政委急忙把往门外走的我又推回病房："小峰，今天我特批你在医院陪刘丽芳，明天再回中队。"

政委走后，我来到刘丽芳床前，当我伸出手去握刘丽芳的手时，她的手却缩了回去。

"林小峰，我觉得你不像个军人。"

"那像什么？"

"像个魔术师。"

"这话什么意思？"我一头雾水。

刘丽芳斜了我一眼，说："那天，我离开黄莲坑时，你站在山坡上吼'刘——丽——芳，我——爱——你！'那吼声一下子便穿透了我的心灵，把我俩处在悬崖边缘的爱情又重新吼了回来。"

"我的吼声真有这么强的功力？"

"还真不是姑奶奶夸你，你那吼声既有军人特有的刚硬，更有儿女情长的意味！"

看到刘丽芳如此赞赏我，我决定趁热打铁，发起甜言蜜语的爱情攻势："刘丽芳，我虽然欣赏过其他女人的美丽，但那都是过眼烟云，在我心目中，你是一道永不褪色的亮丽风景。"

"我真的那么美？"

"那可不是瞎吹出来的，市公安局黄局长到我们支队检查工作时，说你是刑警大队的警花，还说我很有艳福呢。"

"黄局长是我的舅舅，当然说我的好话。"

"没想到你和黄局长还有这层关系，看来我是攀高枝了。"我笑道。

刘丽芳的脸上飞起了两朵红晕，她从床下摸出一部诺基亚，那是现在市面上流行的款式，我和刘丽芳逛街时，看了几次这款式的手机，虽然很喜欢，可因为价格太贵，一直舍不得买。

"你的手机太破了，信号又不好，还是换一部新的吧。"刘丽芳把手机递到我的手里。

我伸出手去握刘丽芳的手，这回她没有缩手，而是让那只还算纤细的手安安静静地停泊在我的掌心里。

七

第二天早晨，当我乘车回黄莲坑时，意外地碰到了黄春莺。

一段时间不见，黄春莺比以前瘦削了许多，但精神状态很好。见到我，她落落大方地跟我打招呼，上车后，她就坐在我旁边的座位上，我俩开始聊了起来。

我问："黄春莺，我们中队有老兵说，吴本山与你之间的爱情是吼出来的，可有此事？"

黄春莺理了理略显杂乱的秀发，说："那都是陈年往事了？"

"这么说，还真有此事。"我饶有兴趣。

黄春莺酸涩一笑，说："还真有这么回事，当初，吴本山想追她，却不敢表白，于是，便开始吼山。

"有一天，吴本山吼山的时候，忽然朝学校方向大声吼道：'黄——春——莺，我——爱——你！'

"长长的尾音在山谷间回荡，在潮湿的树叶上滑翔，落在了黄春莺内心深处最柔软的部位……"

黄春莺说这话时，两眼眯缝，似乎还沉浸在美好的回忆之中。

我的心抽了一下。

过了许久，黄春莺从梦幻中醒转过来，她用低沉沙哑的口气告诉我，吴本山提出分手，对她不啻是个沉重的打击，她知道吴本山之所以提出分手，那是嫌她在黄莲坑这么个偏僻的地方工作，要想让这段爱情故事得以延续，就得想方设法往市里调，为此，她开始四处找关系，因积劳成疾，前一段时间，她生病住进了市第一医院，令黄春莺感动的是在她生病住院期间，黄莲坑的父老乡亲们成群结队地来看望她，有一个细节至今让她难以释怀——

那是一个灰蒙蒙的早晨，一个年过半百的老人带着自己的孙子赶早班车来到医院看黄春莺，老人手里提着一篮子的鸡蛋，老人告诉黄春莺，他家养了很多下蛋母鸡，他听说母鸡刚出笼的蛋特别补身子，今晨一大早，他就到鸡窝里掏刚出笼的蛋，装了一篮子后，便带着孙子急匆匆地往医院赶。

"黄老师，你是黄莲坑小学最好的一名老师，大伙都夸你，我的孙子明年就要上小学了，还巴望你来教呢。"老人给黄春莺深深地叩了一个头。

黄春莺的心动了一下，她伸出手摸了一下鸡蛋，发现鸡蛋外壳还残留着刚出笼的温度……

黄春莺说到这里，停顿了下来，眼里涌动着泪水，但她咬住牙，硬是不让泪水流出。

车到黄莲坑，我和黄春莺一块下车。

"这次生病住院，让我明白了很多的道理，我觉得作为一个女人，要学会坚强，不要相信眼泪，虽然失恋了，但我的生活依然充满阳光，因为黄莲坑的父老乡亲和学生爱着我，我也深深地爱着他们，现在即使拿轿子来抬，我也不离开这片土地了。"黄春莺朝我笑了笑。

回到中队，我看到中队官兵正提着铁锹急匆匆地往外跑。原来，驻地村庄有一处护坡因遇泥石流突然倒塌，当时有2个民工正在下面施工，他们来不及躲闪，被乱石和泥土埋在了深沟里。正在训练的中队官兵得知这一情况后，在中队长吴本山的带领下，火速赶往现场。

当我赶到现场时，埋在泥石里的民工根本就没有一点踪影，如不争分夺秒，民工极有可能被闷死，可若用铁锹就有可能伤及生命,当大伙感到棘手的时候,吴本山大吼一声:"跟我上,用手扒!"

吴本山震耳发聋的吼声在山谷间来回冲撞,隆隆回旋。

战士们在吴本山率先垂范的感召下,都伸出双手去扒,我的两眼一热,也加入到这场战斗之中。

秋风渐起,官兵们的一只只手,犹如大地突起的骨头,显示出苍劲和阳刚,乱石和泥土在这股强大力量的压迫下,变得苍白无力,很快,两个民工的生命通道被我们挖通了,获救的民工被赶往现场的医护人员紧急送往医院。

忙完之后,吴本山和我带领中队官兵回到了中队,吴本山不顾方才的劳累,硬要我说出刘丽芳的伤情,我轻描淡写地说了到医院看望刘丽芳的经过后,把在车上碰了黄春莺的情况也全盘倒出,吴本山的脸顿时阴沉了下来。

晚上,吴本山约我一块出去散步。幽静的夜空下,山影厚实而凝重。

"林小峰,想不想听我与黄春莺第一次见面的情景?"

"想听。"我瞪大双眼。

"那是一个美好的秋天之晨。"吴本山的目光深情地瞥向黄莲坑小学的方向,"晨曦微露,我在中队野草萋萋的山坡上跑步时,看到一位非常打眼的姑娘从远处飘来,轻风拂过草坪,微微吹动着她的飘逸长发,我停下步子,朝姑娘笑了笑,姑娘也朝我笑了笑,她从提包里摸出一瓶矿泉水。甜甜地说:'兵哥哥,跑累了吧,喝一口水。'……"

吴本山的脸上漾出幸福的微笑,当他想要继续叙述时,我的手捅了捅他:"吴中队长,不要再说了,你与黄春莺之间的爱情故事已经结束了。"

吴本山蓦地从美好的回忆中醒转过来,又似陷入了更深的思索之中。"林小峰,实话实说,你觉得我这人怎么样?"

"不错,但小毛病也不少。"

"林小峰,你的评价很客观,我爱听,在与我搭档过的三任指导员中,我觉得你最有水平……"

"不要给我戴高帽了。"我打断了吴本山的话。

"我说的是心里话,你刚到中队时,我瞧不上你,觉得像你这样的学生官到中队来,娘娘腔肯定很重。那天的晨跑,我原本想给你来个下马威,可你虽然输了,但却咬着牙跟我死拼,我跑步停下来时,掉过头,发现你的嘴唇边留着被牙咬出的血丝,那一刻,我震撼了,透过这个细节,我看出你是个有责任心、不服输的汉子。我的前两任搭档刘忠山,刚来中队时,我也在晨跑中给他下马威,这位老先生见追不上我,就停了下来,以后晨跑再也不参加了,与这样的缩头乌龟做搭档,要想带好部队,那简直就是天方夜谭。上一任搭档吴山峰,当我在晨跑中超过他时,他无动于衷,仍然优哉游哉地慢跑,与这样毫无热情、一心想离开中队的人做搭档,中队工作要想起色简直比登天还难。而你不一样,全身上下充满了工作热情,与你这样的人做搭档,用一个字形容就是:爽!"

"你老拿高帽往我头上扣,是不是有什么事要求我?"

"还真给你说中了。"吴本山面露难色,"中队选改士官工作马上要展开了,现在战士转士官的愿望都很强烈,这里面不乏递条子、走门路的现象,作为中队的指导员,你一定要顶住压力,把住关、守好门,把愿意留在中队、表现最好的战士转成士官!"

"叫我去顶压力,你冷眼旁观?"我斜了吴本山一眼。

"我不是早就告诉你了,今年我面临提职这道坎……"吴本山朝我做了个鬼脸。

"吴本山,我听说你去年底想转业,现在怎么又对部队依恋了起来?"

我的话戳到吴本山痛处,脸色阴沉的他从身上掏出一根烟,缭绕的烟雾背后,他慢慢诉说自己的心路历程——

去年年底,得知自己辛辛苦苦干了三年,却得不到提拔,吴本山的内心深处充满了痛苦和迷惘,在这种情绪支配下,他连夜写了转业报告。

第二天早晨,吴本山火急火燎地奔向支队机关,觉得自己就像一个受了莫大委屈的孩子,有千言万语要对吴政委诉说,可到了吴政委办公室门口,吴本山却没有勇气敲门。

踌躇一阵子后,吴本山选择离开。

坐上回中队的大巴车,车上响起了柔美且略带点伤感的歌声——

其实不想走

其实我想留

留下来陪你每一个春秋

　　……

　　吴本山被迷雾扰乱的心头亮起一盏明灯，他蓦然发现这首流行乐曲中的这几句，才是他内心深处最真实的写照。

　　以后的日子，吴本山开始思索自己未来的前途与命运。他觉得要想在部队继续干下去，除了累死累活把工作干好之外，还得动一番脑筋。

八

　　这些天，十七中队可谓喜事连连。首先中队官兵抢救民工的报道上了当地报纸的头条，紧接着传来十七中队被支队评为先进中队、吴本山被支队作为标兵干部的候选人上报总队的好消息。

　　虽说捷报频传，但也有不尽如人意的地方，我们选送的战士参加总部组织的统考，没有一个战士考上军校。随着部队待遇的提高，中队的大部分战士都想留队，这使中队预提士官之争显得更加激烈。这些天，我们对中队官兵进行了民主测评，张世成、何兵武、张笑军名列前三名，这与我和吴本山筛选的结果完全吻合，张世成是中队的文书，文字水平高，是中队不可缺少的人才；何兵武炒了一手的好菜，还有理发的手艺，是后勤班的顶梁柱；张笑军自从父母重归于好之后，整个人面貌焕然一新，军事素质好，还有种菜的手艺，这样的人才打着灯笼都难找。

支队给我们转士官的指标是三个,如果三人都能顺利地转成士官,那真是皆大欢喜,可事态的发展正如吴本山事前所料,总有磕磕碰碰的事情发生。

那天,我接到了吴政委的电话,吴政委首先对我的工作进行了一番夸奖,紧接着话锋一转,提到了二班一名叫赵得山的兵,他说赵得山是市公安局黄局长的关系,要想方设法把他转成士官。

"政委,赵得山在十七中队各方面都很平庸,这样的兵转士官,恐怕难以服众。"

"我也知道,可这是我们顶头上司黄局长交代的,不办不行呀。"

"政委,能不能这样变通一下,支队多给我们中队一个转士官的名额,这样问题不就迎刃而解了。"

"林小峰,你不要给我耍小聪明,要知道支队转士官的指标也很有限,如果每个中队都要求加指标,那我这个政委怎么当?"

"报告政委,我确实有为难之处,恳请政委理解。"

"别跟我贫嘴了,反正你要把从三个人选中拿下一个,把赵得山补上。"

"政委,你要体谅我们基层干部的难处。"我仍在据理力争。

"林小峰,你是领导,还是我是领导?!"吴政委"啪"的一声把电话挂断了。

我的心里一阵难过，张世成、何兵武、张笑军三人都是中队公认的好兵，手心手背都是肉，拿下哪一个我的心都痛，但领导的指示又不能违抗，如果一定要拿下一个，权衡三个兵的各方面素质和表现后，只能是张笑军。

心乱如麻的我像只无头苍蝇在营房里盲目地走动着，在中队种植蔬菜的大棚边，只见张笑军正在给蔬菜施肥，施肥的过程中，心情舒畅的张笑军唱起了革命歌曲，张笑军的歌声如同刀子刻的一样，棱是棱，角是角，高亢嘹亮，穿透心灵。

我拍了一下张笑军的肩膀，张笑军掉过头，看到我一脸的凝重，便问："指导员，你有什么心事呀？"

我苦涩地笑了笑。

"指导员，我听说二班的赵得山有很硬的关系，他极有可能留下来转士官。"

我无语。

"指导员，如果赵得山要留下转士官，那么张世成、何兵武和我三个人必须要走一个，三个人中，我的综合素质最弱，那就让我走吧。"

"你不是非常希望转士官吗？"

"对，我非常希望能留下，但现实与梦想之间往往有一段距离。"张笑军低下了头。

我把张笑军紧紧揽在怀里。

回到办公室，我给刘丽芳挂了个电话。

"丽芳，你能不能帮我找一下你的舅舅。"我单刀直入。

"喂，你是不是在部队干腻了，想转业进公安？"

"我压根儿就不想脱下这身军装，我是工作中遇到挠头的事了，前些日子，你舅舅找到吴政委，说他的战友孩子在十七中队服役，今年想转士官，可赵得山在我们中队各方面表现非常一般，他如果转了士官，我们中队就有一个表现很好的战士就要离队，让我非常为难，我想让你说服你的舅舅……"

"转个士官就这么难吗？"刘丽芳打断了我的话。

"赵得山如果表现出众，一点都不难。"

"林小峰，你别跟我耍滑头，你自己找黄局长去说，不要把我当枪使。"

"刘丽芳，你舅舅不是很疼爱你吗？你做他的思想工作可能会起到四两拨千斤之功效。"

"你别啰唆了，我不去。"

"你一定要去，这是命令！"

"林小峰，你怎么耍起了横？"

"没点脾气，能算大老爷们吗？！"我"啪"一声挂断了电话。

在刘丽芳面前耍脾气，虽然刚开始的时候觉得很畅快，但过后一想，便觉得自己的这种做法欠妥，甚至有点儿荒唐。我不知道刘丽芳会不会去找他的舅舅，即使找了，能否做通思想工作也要打个大大的问号。

第二天早晨，我接到吴政委打来的电话。"林小峰，你这兔崽子挺有能耐的。"

我不露声色："吴政委，我天天在基层瞎混，能有啥能耐呀？"

"昨天晚上黄局长来电话说，经过了解，他知道赵得兵在十七中队表现并不好，让这样的士兵转士官恐难以服众，为此，他做通了战友的工作，让他的儿子年底退伍回家，不再给部队留包袱了。我问黄局长为啥突然改变主意，他叹了一口气说，昨天，刘丽芳去找他，告诉他赵得兵在十七中队的表现，并叫他不要插手中队转士官的事宜。黄局长细细一想，觉得刘丽芳的话有道理，黄局长自己也是当兵出来的，能体谅基层的难处。"

我禁不住眉飞色舞起来："赵得山不留队，那我这个指导员就好当了。"

"我听说刘丽芳去找黄局长，就知道这主意是你出的！"

"难道这主意不好？"

"不错！可我感到纳闷，黄局长为什么要对刘丽芳言听计从呢？"

"原因很简单，黄局长是刘丽芳的舅舅。"

这下轮到吴政委惊讶了。"小峰，看你平日傻乎乎的，想不到你有这么硬的关系，却不露半点声色。"

"政委，不瞒你说，我也是前几天才知道的。"

"林小峰，你涉世不深呀。"吴政委叹了口气，"这是一步险棋，万一黄局长不松口，到我这里告你一状，你叫我怎么办？"

"我这是初生牛犊不怕虎，为了能在中队树起良好的风气，我愿意豁出去。"

我的话让吴政委感慨万千:"小峰,把你放到基层锻炼,我的初衷是想让你有基层经验,以后回机关后,工作起来更加得心应手。没想到你到基层后,一门心思全花费在带兵上,而且在工作中肯动脑筋,十七中队能评为先进中队,这里面凝聚着你的心血。像你这样把一腔热血奉献给军营的干部,就像杏花村的酒后劲大,我们部队需要你这样的人才!"

与吴政委通完电话,我马上给刘丽芳挂了个电话。

"刘丽芳,谢谢你!"我脱口而出。

"你准备怎么感谢姑奶奶?"刘丽芳在电话的那头懒洋洋地打了个哈欠。

"请你吃肯德基。"

"免了吧,姑奶奶正在减肥。"

"陪你逛街,给你买最漂亮的衣服。"

"姑奶奶不爱红装爱武装,除了身上的这套警服,其他的衣服再漂亮,也不感冒。"

"跟你一块去看国外大片。"

"没兴趣。"

"一不留神,你怎么变成了一个刀枪不入的革命战士,说,你要怎么感谢,我现在可以为你上天揽月,下海捉鳖。"

"别吹了,姑奶奶什么都不要,你感谢的最好方式是——"刘丽芳拉长嗓音,"带——好——兵!"

九

转眼间，冬天到了。

每年冬天到来的时候，十七中队都要送走一批老兵，迎来一批新兵。每到这个季节，营区里都有细微的变化，新兵对待老兵小心翼翼、彬彬有礼，老兵也不像以前那样大大咧咧，他们开始变得寡言少语，甚至有点儿焦躁不安。老兵的走与留成为中队最敏感的问题，也最让人牵肠挂肚。

这些日子，我、吴本山和中队的其他干部在张世成、何兵武、张笑军转士官问题上达成了一致的意见，可以说他们三个转士官那是板上钉钉的事情。令人略感失望的是钱月兵一期士官服役期已满，尽管他很想留队，但因名额限制，无法从一期士官转为二期士官。

我找钱月兵谈话，想做做思想工作，钱月兵显然预感到自己要离队，脸上虽有一缕失望，但眼神里却充满了坦荡和自信，我没把话说出口，他却轻轻地对我说："不用说了，在部队待了这么长时间，我还能不理解你们的苦衷？！"

中队战士离队的前一天夜晚，我在床上辗转难眠，第二天一大早，我早早地起了床，在营区里不知疲倦地来回走动着，营区的一草一木、沟沟坎坎，哪里出现细微的变化，我都了如指掌。这一刻，想到朝夕相处的战友像孔雀即将南飞，我的心里有着无限的伤感与惆怅。

在营区的一个角落,我的目光飘向哨所,此时太阳还没露出地平线,天空、江水、树林都呈现在日出前最绮丽迷人的时刻,这时候一切都是那么清晰,就连四周的空气也像水一样的清澈,一切景物的轮廓都朦朦胧胧。哨兵敏锐的双眼、黝黑的皮肤、笔直的身躯置身在这样的景致下面,就像一曲气势磅礴的乐章奏响在中队的上空。

太阳慢慢地从东方升起了,这时候,钱月兵的身影悄然出现在烟雾缭绕的山坡上,他的手里拿着一份班里战士的花名册,开始点名,许是怕吵醒还在睡梦中的官兵,他的声音很低,每点一个战士的名字,都要停顿一下,当点到张笑军的名字时,突然远处传来响亮的声音:"到!"

钱月兵愣了一下,掉过头,只到张笑军不知从哪个角落里钻出来,已经笔直地站在了他的身边。

钱月兵轻轻地拍了一下张笑军的肩膀,说:"笑军,我把我们班全体人员的花名册留给你,这里面有许多老兵和我一样即将离开部队,你当上班长后,一定要好好保存花名册,闲下来时,你就站在山坡上,为我们这些离队的老兵点一次名,你要相信我们之间是心有灵犀的,你点名的时候,无论我在天涯海角,都会停下手中的活儿,向着中队所处的方向回一声:'到!'"

张笑军的眼里涌满了泪水:"班长,这份花名册以后就装在我的那个小木箱里,逢年过节,我都要为你们点一次名,并为你们送上祝福!"

老兵退伍工作结束后,被评为总队标兵干部的吴本山荣升为支队作训股股长,当梦寐以求的目标达到时,吴本山并不像我想象的那样欣喜,他的脸上网着一层淡淡的雾。

吴本山离队的那天,他又站在了山坡上,开始对着远山吼了起来,喷薄而出的声音听起来犹如龙吟于云外,虎啸于山冈。

吼完之后,吴本山的目光扎向黄莲坑小学校舍,校舍冷冷清清的,不见黄春莺的影子。

起风了,冷冷的风从吴本山身上碾过,吴本山却没有一点反应,他的目光依旧定格在黄莲坑小学校舍的方向……

吴本山走后,新任中队长刘景山从外单位调来,由于他对十七中队的情况不熟悉,我身上的担子一下子重了起来,这时候的我也像吴本山一样,晨跑后,喜欢站在山坡上,对着远山吼,刚来中队时,我的吼声总是在山谷间打个弯儿便没了,现在我吼时,肺腑间沉积着一股力量,于是吼声便像醒狮怒吼。

吼过之后,我便觉得一身轻松,身上的每一块肌肉都充满了张力。

那是一个寒冷的清晨,我带领中队官兵跑完步后,照例走上山坡,想吼几句,可还没张口,手机却响了起来,一瞧号码,吴本山打来的。

"林指导员,最近过得怎么样?"

"平平淡淡。"

"什么时候请我吃喜糖呀?"

"快了。"

"恭喜！"

"你与市里那位姑娘爱情有结局了吗？"

"吹了。"

"你这家伙又当了一回陈世美。"

"你可不要损我，我连那姑娘的手都没碰。"

"那为什么分手？"

"没感觉。"

"那你对谁有感觉？"

"黄春莺！"

"你与黄春莺不是断了吗？"

"要知道好马也吃回头草。"吴本山在电话的那头狡黠地笑，"我和黄春莺已经领了结婚证，我要抢在你之前把终身大事办了。"

"你不是嫌黄莲坑这地方太偏，不喜欢在这里找对象吗？"

吴本山无语。过了许久，他说："林小峰，你想听我说句心里话吗？"

"想。"

"我人虽然离开了黄莲坑，心却搁在那块土地上。"

我一时接不上话。

"林小峰，我算准现在是你吼山的时间了，你能拿着手机吼山，让我听一听吗？"

我长吸一口气，然后放开喉咙吼了起来。我的吼声在山谷间穿梭，万物在我的吼声中渐渐醒转过来，一叠一叠镀着灿烂金边的朝霞从远山的背后射来,鸟儿开始在树林里鸣啭,清凉的晨风缓缓地摇曳着树木。天慢慢变亮,在道道晨光的照射下,中队营房的轮廓变得越来越清晰了,几缕淡淡的白雾打着旋儿上升,这飘逸的白雾,使整个画面变得灵秀生动起来。

我的心顿时变得柔软而湿润,周围的一草一木、山山水水不知不觉之中,融进了我的血液,我挺起腰杆,嘴里又发出一声声的长吼:

"哟——哟——哟——"

此时的吼声如风啸山谷,百折迂回,丝丝缕缕,欲断又连,听了我把对这片土地所有爱都融在里面的吼声,吴本山在电话的那头"哇"一声哭了出来,他断断续续地说:"林小峰……我求你别吼了……再吼……我的心要蹦出来了。"

"吴本山,我一直以为你是个硬汉,现在才发现你是个大软蛋。"我骂吴本山的时候,发现自己的眼里也充盈着泪水。

林朝晖,生于福州市闽清县,1990年地方院校毕业后,参军入伍,1992年开始文学创作,发表作品多篇。短篇小说《黄连坑的兵》获2010年全军军事题材短篇小说二等奖;中篇小说《吼山》获2010年全军军事题材中篇小说三等奖;中篇小说《英雄的走向》被《小说选刊》转载,并获第八届武警部队文艺奖一等奖;中篇小说《喊一声战友》被《小说月报》转载,并获福建省第六届百花奖三等奖；中篇小说《唱支山歌给党听》被《中篇小说选刊（增刊）》转载，并获福建省第七届百花奖三等奖；长篇小说《飞翔的白鸽》获"读吧，福建"首届福建文学优秀图书奖。

神圣之兽的千年表情

◎ 钟兆云

一

体蜷如环,肥头大耳,獠牙毕露……完全是个怪物嘛,客气点说是四不像,墨绿色,裸躺在灯火通明的博物馆玻璃柜里,接受万国异样的目光。不经介绍,压根就不知道这是中国最早的龙形象,身形倒有点猪影。也才知,它有个奇特的大名:玉猪龙。

常言道猪会睡,难怪它在暗无天日的地下能一躺五千多个年头,拖累龙这尊中国人心目中无以替代的大神迟迟才现真身。

不争,它也是个文物。国家一级的桂冠尘埃落定,珍贵得非同凡响,前些年某些非法拍卖,其同款身价直奔三百万元而去。考古一锤定音,玉猪龙是红山文化的最典型代表。

有了林林总总的文物,中国悠久的历史、灿烂的文化才有了现实而客观的附着。猪能拱进原始上古文物,让人想不产生点兴趣和热爱也难。

考古发掘总有办法让人不容置疑:玉猪龙乃墓主人胸前所

挂之物，乃某种特权和地位的象征，主人极有可能是部落酋长兼巫师，专司沟通天地、鬼神之职；玉猪龙系主人通灵之物，亦为殉葬之宝。至于这神器为何呈C形、留那么一个缺口，解释得也是有鼻子有眼：那缺口是祖先意识中的天门，是人神对话的途径。

细细打量，横看侧视，这件雅称玉龙的中国第一龙，实打实地较多保留了猪形，或称猪首蛇身龙形，联系"猪乃龙象"这一古话，断非造次。

玉猪龙的重见天日，不仅让"龙的传人"找到了龙源龙脉，也充分印证、有力地提升了猪的地位：说到底，玉猪龙是猪而非龙；猪上古之时便是人们的宠物或图腾，这才会依其形做成如影随形的玉器配件，膜拜为避邪祛恶的护身符。之所以被称为龙，却是因为在内蒙古赤峰发掘之初，考古学家"事出有因"误以为龙。红山文化闪亮登场的这头玉猪，在加冕"中华第一龙"，尤其是被华夏银行视之为搏击四海、升腾向上的精神象征并奉作行标之后，欲再改口既来不及，也不被答应了，只好一锤定音，约定俗成。

现在大可对着玉猪龙调侃一番：是猪，也是龙猪。灵性如它，当会穿越时空向你传递某种神语：即便附了龙体，也非沐猴而冠，龙这个组合形象中，俺老猪占了很大的比重呢。知否知否，猪首被抽象地安在同样抽象的龙（蛇）之身上，说明猪的形象已趋神化，起码是开始向龙图腾转变。辽宁红山遗址群中心女神庙的主室供奉的石猪，前足塑成爪型，最合"猪龙"旗鼓相当之尊。彼时猪和龙，犹如凤与凰。

还有个听起来有点煞风景的故事，源于曾经的全国养猪先进典型陕西省岐山县枣林乡。该地出产涎水面，清香四溢，但只吃面不喝汤，这个吃法自西周流传至今，每次吃剩的汤又回倒入锅里，再盛上来，吃者互不嫌弃，所以又叫君臣团结面。听到这儿倒也感动了，却还有涎水面的其他由来。典型的传说是：周人由外地迁至渭河一带后，渭河突现恶龙为祸，弄得民不聊生，周氏族人不忍离开已经数代开拓出的家园，众志成城奋起反击，大战七日始将恶龙除掉。饥饿的人们为庆祝胜利，屠龙和面而食，鲜美无比。以后逢周年庆祝这次胜利时，乃用猪代龙和面集体食之，再扩展至其他节日和祭祀。这涎水面也渐渐传开，而其做法、吃法在流传中得到了巩固和发展。吃这样的面，不仅免费上了堂历史课，还知道了猪和龙的关系。

神话和民间信仰中，猪参与"孕育"过司水之龙的形象。殷墟妇好墓出土的"猪首屈体龙"，不仅刻有鳞纹云纹，还留着猪头，明显带有猪形痕迹。即使在猪被塑造成一派帝王相之后，也还有猪龙之说。猪附龙体，龙因此肥头大耳起来，恰是福气和龙气的象征呢。再说了，能和猪合璧者，莫不巍巍乎大哉，《投荒杂录》说雷公"豕首鳞身"。雷神多厉害呀，龙见了也得礼敬三分呢，只不过，雷公和龙算一家人，雷公不打龙王庙，有猪示意，一家人认得一家人。《山海经》这样描述诸神："并封在巫咸东，其状如彘，前后皆有首，黑。"经中所载"彘身而载玉""彘身而八足"，莫不流露出了猪图腾的迹象。

历代笔记小说更是保留了大量关于猪为水神、雨神、雷神的记载。也有雷神系龙首人身之说，但不管如何，在神面前，猪和龙是平分秋色了。大名鼎鼎的苏轼因而赋诗："岂知泉下有猪龙，卧枕雷车踏阴轴。"无独有偶，同为宋朝的赵汝鐩所作《缠头曲》，亦有"阿蛮知是何处去，但见猪龙胡旋舞"之句。

　　与龙司雨等扎根于农耕文明的古老信俗如出一辙，猪对降水有影响力。古人观云测雨中，"夜半天汉中黑气相逐，俗谓之黑猪渡河，雨候也"，这也就是民间气象谚语所谓"乌猪争河"。因而，祈雨之际切莫杀猪，如是"断屠"之风，直至清末仍被奉为祈天求雨的要务。

　　各种附丽和功能多了，猪也就被视为属水牲畜。司马迁在《史记·货殖列传》列举财富与"千户侯等"一些例子里，就提到"泽中千足彘"。一猪四足，千足彘即为二百五十头猪。彘在水聚集，岂不是水畜？喜泡泥水中的猪，连同它呼风唤雨带来的状似黑猪的乌云，却又影响了对猪的文化评价。真是"成也萧何，败也萧何"！

二

　　当我又一次站在贺兰山岩画前，面对形状各异的猪，不需导游讲解，我的目光似乎接通了昔日的刀耕火种，胸有丘壑。猪在远古不仅是财运的体现，还是勇猛的象征，父系氏族开始喜欢野猪强悍的体形、敢与虎豹相搏的斗志，原始狩猎中打下的野猪吃不完，便圈养之。狩猎文明从"拘兽以为畜"开始，家猪就此经过漫长驯化而来。

有迹可考，猪在新石器时代已成为最重要的家畜之一。在广西甑皮岩、河南裴李岗等重要遗址相继发现的家猪骨骼，在浙江河姆渡遗址出土的短腿肥硕、腹部下垂的小陶猪……一次次地把中国古人驯猪历史追溯到上古，至少可确定在六七千年前已开始用木栅养猪。

我不止一次地想，在没有枪甚至可能没有弓箭的情况下，古人要经过何等艰苦搏斗，才能捕获野猪。捕获后，如果还有余粮，便把它们圈养起来。不需自己找吃，还顿顿有人定时投喂食物，野猪慢慢地就心安理得了，久而久之，腿变短粗了，肉变得越来越厚重，饱食终日再无食物压力也无所事事中，习以为常地感到幸福，忘记了原先供自己撒欢的整座山或整片草原。它的吻因此越变越短，性子也越来越温顺，每天的圈子也就是猪圈，脱胎换骨地完成了只为人类吃肉而活着的家猪。

岁月失语，惟石能言。贺兰山岩画深深浅浅地刻下了文字起源的密码，在人类还没有具体的名姓和肖像之前，早于人类出现的猪，也先行被赋予了文字和图像。

我不通甲骨文，但即使不去出土甲骨文的殷墟现场考究，也知道猪写作"豕"，长吻，大腹，四蹄，有尾，还长着黑毛，十足的猪形。再看金文、小篆，"豕"字也莫不像猪。在此字基础上，又渐次造出豚（小猪）、豭（公猪）、豨（大野猪）。继而猪们不分性别不论长幼，被好事者统称为"彘"。一望而知，这也是个象形字，猪头、猪脚俱在，且已在"矢"和"匕"的作用下，改造为家猪。金文中，"家"字从"宀"从"豕"，《说文》给出的解释是"豕居之圈曰家"，从字形来看，"家"是房屋内养一头猪。似乎只要有家，就须养一头猪，没这个宝贝坐镇，家则不家了。又有一家之言指出，殷人祭祀祖先的场所即称"家"，祭场或宗庙中出现的"豕"，即是祭品之猪。

不管如何说，一个"家"字，分明凝结浓缩着远古社会的结构方式。

红山文化之外，河姆渡陶器上的猪画像、半坡陶器上的猪纹、商周青铜文化中的猪造型……这么多猪崇拜、猪图腾，再加上被这么多近义字来表现，弄得猪的江湖名声地位很有点"鹤立鸡群"，其他走兽有知，只怕要羡慕嫉妒恨。

这还不够，与猪有关的古汉字俯拾皆是，也多含褒义。如"敢"，像徒手捉猪之形；如"事"，像双手举网捕猪之状。也许在古人的概念里，社会活动以猪事为坐标，做大事莫过于捉猪，能否徒手捉猪是判断勇敢与怯懦的标准。

凶猛之猪能大面积地落户寻常百姓家，与"去势术"的突破密切相关。最晚在商周时代，此术已流传民间。《易经》云"豮（音焚，去势的猪）豕之牙，吉"，说的是阉割之猪性情变得温驯，犀利之牙已不足为害。《礼记》"豕曰刚鬣"，"豚曰腯肥"，是说未阉割的猪皮厚毛粗，叫"豕"，受阉后的猪长得膘满臀圆，叫"豚"。

猪，这个长着黑毛的自由行者，早早就来回穿梭于中国第一部诗歌总集《诗经》里，登上大雅之堂。其中《驺虞》把一年小猪名为"豵"（音宗），二年猪为"豝"，三年大猪为"豜"（音尖），四年猪为"特"。"驺虞"一说猎人，一说兽官（相当于如今的畜牧局长），反正你猎来或饲养的猪越多，食物越丰富，你这个猎人或畜牧局长就越称职。起初所养，皆从狩中来，著名的《七月》，也就是开头"七月流火，九月授衣"那首诗，其后跟着"二之日其同，载缵武功，言私其豵，献豜于公"之句，是说十二月猎人来集中，继续打猎比武功，捕得小猪留给自家烹，大猪（或大兽）献给公家。

读《诗经》，我们已分得清野猪和家猪了。"有豕白蹢，烝涉波矣"（《小雅·渐渐之石》），能渡河而去的，当是野猪；"执豕于牢，酌之用匏，食之饮之"（《大雅·公刘》），能被人们从圈里捉来宰杀、酌上美酒祭祖或下菜的，应是家猪。

先秦时期，牛羊肉是高大上的肉食，家猪肉仍"物以稀为贵"，非寻常食物。《国语·楚语下》载："天子食太牢，牛羊豕三牲俱全，诸侯食牛，卿食羊，大夫食豕，士食鱼炙，庶人食菜。"梁惠王曾向孟子和盘托出自己的"顶层设计"："鸡豚狗彘之畜，无失其时，七十者可以食肉矣。"这里的对象当然是老百姓了，到古稀才能经常吃到家猪肉，到底让人等不及，那个时候又有几个人能熬到这把年纪？还好很多地方有个杀年猪可盼。

杀猪祭天祭祖沿袭既久，用整个猪头祭祖还是春秋战国以来许多汉民族地方过春节的风俗教化。曾用作猪八戒别名的"猪刚鬣"，便是《礼记》所载祭祀用猪的专称。《礼·月令》云："孟夏之月，农乃登麦，天子乃以彘尝麦。"这里的"尝麦"既是一种岁典，也作尝食新麦解。"楚河汉界"内外，名目繁多的祭祀、岁典独独少不了猪。猪和牛、羊俱用，乃为祭品规格中的"太牢"；若只与羊用，称之"少牢"。《礼记·王制》称："天子社稷皆太牢，诸侯社稷皆少牢。"意谓天子祭祀社稷时才用到牛、羊、猪三牲，诸侯祭祀社稷时只用羊、猪两牲。猪也可单独专用，称为"特豕"。这足以说明猪在古人心目中的地位，不洁之物岂能敬献给社稷、祖宗、神灵？

先人对祭祀的重视，正是中国名为礼仪之邦的重要体现。至于春秋战国纷乱，礼崩乐坏，诸侯国君纷纷僭越礼制，那是另一说法，但无论如何，猪为尊的地位并未动摇。这便不奇怪，为什么陆续出土的秦汉冥器都有猪的重要位置，而皇家死者多数是口含玉蝉手握玉猪。

三

猪既是吉祥、神圣的图腾，是龙的化身，是宗教信仰或生命崇拜的重要对象，为什么人们仍照吃不误？而且梁惠王还把这个作为政绩工程呢？

"尊之"犹要食之，也莫大惊小怪，只能溯着历史的长河，打捞和爬梳出几条过硬的"化石"：

一是猪奉为图腾的地位在战国后期有所下降；

二是秦汉时家猪激增，猪肉成为朝野主要的消费肉品，方便就地取材"尊之"。刘安所编《淮南子》立此存照："夫飨大高而彘为上牲者，非彘能贤于野兽麋鹿也，而神明独飨之，何也？以为彘者，家人所常畜而易得之物也，故因其便以尊之。"需知道的是，即使在这个时期，猪肉也不便宜。史载"一豕之肉，得中年之收"，意为一头正常的猪价，相当于中等年景一亩地的年收入。因此，不但民间养，皇宫也养，一为祭祀，二为食用，三为辟邪。有意思的是，秦灭后西汉能替之，与樊哙吃猪肉大有关系。在鸿门宴上，正是他的勇敢闯入和一番慷慨陈词，不仅缓和了暗藏杀机的氛围，还使得项羽请其喝酒吃肉，"与生彘肩"——就是赏给他一条生猪腿。樊哙也没犹豫，生生地把这条猪腿刺身给吃了。刘邦能乘机逃跑，樊哙这个愣头青功不可没。司马迁在惜墨如金的《史记》中专门称颂了樊哙吃猪腿这事，可见不简单；还有，汉朝墓葬中也出现了猪的绘画，谁能说两者之间没有联系？

三是寓意"人畜合一"、和谐兴旺的深意。如同美国当代人类学家马文·哈里斯在其代表作《母牛·猪·战争·妖巫——人类文化之谜》中所说，"爱猪的高潮就是将猪肉融入人体，猪的灵魂汇入先人的心灵之中"。

那年头，你骂帝王将相"猪"，会是什么情形呢？

看年份，看情况，有的帝王将相欣然受之，有的可就直接让你掉脑袋了。

《山海经》形容黄帝之孙、颛顼之父韩流"豕嘴猪蹄"，可知猪开始时的公众形象也并非那么不堪。既知春秋时晋国大夫先縠号"彘子"、汉武大帝刘彻乳名为"彘儿"（似也印证猪是"龙"之一种），也就不纳闷西汉开国大将陈豨等人以猪为名了，不笑话汉魏时"猪加"（相当于农畜部长）这样以六畜相命的官名了；既知猪文化在楚地于斯为盛，正月初四被定为逐日，禁止杀猪，就不惊奇东晋葛洪的道教典籍《抱朴子》要说"山中亥日称人君者，猪业"，猪竟然一步登天成为"人君"了。

想来"亥日人君"这一美称，和尚出身的明太祖朱元璋该是知道的。

看过流传的朱元璋不少画像，也不知真伪，印象最深者莫过于其脑袋像猪头，呈"五岳朝天"之奇象。据说这还是明朝士子所画，史籍中有关明太祖的文字描写倒也相貌堂堂，难免叫人奵奇于两者反差之大。

在象形、会意、形声、指事中穿梭转化的汉字，堪称巨大的信息库。有关亥猪的话题可助谈资，说来说去总是难离汉字"家"中有个"豕"，体会古人造字之妙。清初褚人获在《坚瓠集》中记有朱元璋的一次微服出行。朱皇帝见一家妇人喂猪，会心而笑，驻足未去，随行以为皇上忽来寡人之疾，朱皇帝却道："误矣！我见此妇饲猪，因悟古人制字之意，'家'字从宀从豕，言无豕不成家也。"

朱皇帝爱猪至此，被画成猪头，不是本意怕也是正中下怀呢。读史方知，有明一代，龙的造型几乎仍以猪头为标准，叫作猪头龙，在明代青花瓷中大行其是。

同是明朝，若把猪头安在明武宗朱厚照身上，说和画的人可就要脑袋搬家了。

史上知名的"荒唐皇帝"朱厚照生于辛亥年，属猪，偏又姓"朱"，登基后对猪忌讳有加。正德十四年，明朝开国一百多年后，忽然颁行一道"禁猪令"，倒也昭告理由——"养豕之家，易卖宰杀，固系寻常。但当爵本命，既而又姓，虽然字异，实乃音同"，将杀猪视为大逆不道，为了避免宰猪，从禁养开始，违禁者"本犯并连当房家小发遣极边卫，永远充军"，可谓严厉。还大造多吃猪肉会生疮等荒诞观点，但凡与"猪"谐音的字句也在禁言之列。

然而，问题来了，禁养就要先处理掉存栏的。于是，猪在正德十四年间遭受了前所未有的举国"屠猪运动"，大小猪头"落玉盘"。

皇帝有皇帝的法术，群众有群众的破解招数，总之不能被荒唐禁令吓倒，亏了自家生计。于是乎那年代的民间，遇"猪"一般代之以"彘""豕"等字眼。天高皇帝远的地方还偷偷养、偷偷杀不误，把杀猪说成杀"万里哼"，倒也形象贴切。捉迷藏般吃起"万里哼"来，想来更是大快朵颐吧，还暗笑那小朱皇帝十足一个"猪头三"。但这危险的游戏毕竟不能"咸与维新"，如此这般，生猪和猪肉在市场上绝迹。如此这般，猪栏就空了。

这可不是为求骇异、抢眼球而瞎编的。《武宗实录》白纸黑字如是记载："正德十四年时上巡幸所至，禁民间畜猪，远近宰杀殆尽。"传统的祭祀都是要用到猪的，猪踪难觅，"有司以羊代之"。

民怨四起，朝中有识之士意识到了事态的严峻，纷纷上书劝谏。礼部也忍不住奏称，国家正常祭典离不了牛豕羊三牲，否则不成礼法。朱厚照只好废止诏令，"内批仍用豕"。皇权加愚昧，给历史留下笑柄。

猪和属猪的朱皇帝同音，不仅没沾光，还险遭灭顶之灾。多亏了庶民的胜利，才把中国本土猪从绝种的边缘拉了回来。《万安县志》曾记载一例："正德中，禁天下畜猪，一时埋弃俱尽。陈氏穴地养之，遂传其种。"

禁猪令废止时，"药圣"李时珍两岁余，渐渐便吃到了猪肉，渐渐看到了养猪业不可抑制地兴起，而后在其巨著《本草纲目》中兴奋地写道："猪，天下畜之。"

四

受汉文化熏陶和影响的日本，对猪有一份特殊喜好，不仅以"猪"给幼儿命名，自身成年后也乐此不疲地用之。

十年前两赴日本深入采访，看到日本人递过来的名片中出现"豕"字，也就不足为怪了。问后方知，他们打小顶着这么个看似俗贱之名，并非为了好养活，而是欣赏猪奋蹄向前的神勇和一根筋绝不回头的精神。在没有老虎的这个岛国，野猪堪称最勇猛的兽类，"猪"在日本就是夸人勇敢，"猪突猛进"

成为褒义词实在不用太感到意外。

一千个读者有一千个哈姆雷特，一千头猪有一千个看客。猪干净与否不说，即便污秽，也多是从野而驯，从放牧走向圈养而起。《诗经》中渡河而去的野猪，肯定比牢中之猪干净吧。"圂"的本义指猪圈，却也被视为厕所、堆垃圾之地。《汉书·武五子传》云："厕中豕群出。"颜师古注："厕，养豕圈也。"

由此略可瞧见那时人猪同舍、猪圈人舍相连的现象。在生产力落后的农业社会，厕所和猪圈往往都是积聚肥料的所在，收成的希望也看这里呢。从中也可见，猪圈养一久、一多，便受怠慢，其生存环境恶化起来，哪有在大自然拉完野屎满山跑、累了择窝而居来得舒畅。以致孔子推崇的《礼记》有"君子不食圂腴"之说，按郑玄和孔颖达的注疏，也只是说君子不吃猪狗的内脏，并非不吃它们的肉。至于吃的肉属哪个部位，是肥是瘦是肝是肠是鞭还是尾巴，萝卜青菜各有所好，谁都不愿他人作代表作主张。

民以食为天，为了解决吃的某些心理障碍，就有风雅之士千方百计地将生养美味的污秽之所变得雅观、美好甚至圣洁起来。南宋年间，一位名叫紫姑的女厕神（也称厕姑、茅姑、坑三娘娘）应运而生，彼时文献记有迎紫姑之民俗，仿佛迎入之后，这个厕间、这个猪栏就干净了十分，猪也就圣洁起来。

世无十全十美的东西，人也是。人的说法有时更是前村不着后店，谁在意，谁傻。

一代枭雄曹操曾慨叹"生子当如孙仲谋（孙权）"，对荆州牧刘表的儿子则相当鄙视，斥之"若豚犬耳"。如是，弄得后世常谦称自己的儿子为豚儿、犬子，意谓普通、凡俗、不出众。元代诗人兼画家王冕在《冀州道中》还说："纵有好儿孙，无异犬与猪。"猪不讨曹操之喜，可能源于他的心病。那年他刺杀董卓失败遭满世界通缉，惶恐加猜忌，竟把好心收留后磨刀欲杀猪款待的吕伯奢疑为要向自己开刀而先发制人，既知错杀，却仍一不做二不休，残忍将吕家老少杀绝。视曹操为英雄而义释并想挂冠跟随的陈宫得知，以阿瞒暴戾滥杀而割袍断义，从此以对手相决绝，在三国的天空留下让人扼腕的咏叹。因猪引发的人命血案，给曹操长久纠缠的头疼又注入了后遗症，难怪他恨猪及人。至于阿瞒此后吃猪肉与否，如何个讲究和挑肥拣瘦，不得而知。

即便如曹操这样政治、军事和文学上的霸主，其对猪的喜恶也不过是添了桩文人逸事，压根无法影响此后对他重拾敬畏的文人士子。唐代举子参加殿试前，亲友们少不得要赠予红烧猪蹄，预祝"朱笔题名"。"猪"与"朱"（皇帝的朱笔）同音，"蹄"与"题"音谐，世无他物，能代替红烧猪蹄成为赶考举子们的最最吉祥物。魏武帝九泉有知，能斥之"若豚犬耳"？

五

由猪引发的传说和文化现象、象征意义，穿行在中华上下五千年曲折起伏的古韵今风里，趣味丛生，时有新意。

猪当然不是中国的特产和专利，有人的地方总会有猪，没人的地方也会有野猪出没。既如此，就别担心猪在外国就不成其为猪了，须知人同此心心同此理。所以，你看清楚了，欧洲许多纹章都以猪为图案，表示勇猛、威武。如英格兰王查理三世的徽章是两头猪拱卫盾牌，苏格兰亚盖公爵的徽章将猪头像置于图案上方，寓意价值和尊严。

"猪最初被视为神圣之兽。"英国现代著名人类学家弗雷泽的论断，掷地有声。你听了可能忍不住就笑了。有如满身黏着屎尿一样，好吃懒做、贪婪好色、肮脏丑陋等等也是黏在猪身上的代名词，像锅碗里煮熟了却褪不去的那层猪毛，让人恶心，怎与神圣挂钩？

猪和狗一样，自与人类结"亲"以来，虽然代代都不改缺点和恶习，但它们一辈子几乎都在一间栏里吃喝拉撒睡，安分守己地成为主人的"聚宝盆"，最不济也是充实"菜篮子"，浑身上下，从头到尾，每一寸肌肤，每一个部位和器官，连同猪油，莫不是高级美味食材。再有，猪皮还可制衣革鞋靴，血还可制成漆木材的底色和渔网的防水材料，骨制成骨粉后和粪一样是优质肥料，指甲壳可作药用，就连毛（猪鬃）也可制成日常生活用的刷子，实打实地全身都是宝啊。

我涉猎抗战史研究后，惊奇地发现，猪鬃出口竟是中国战时外汇收入的一大来源，且是用以抵偿苏联和美英等国援华贷款或易货的物资。当时，由于军需，美国政府把猪鬃列为A类战略物资，并颁布"M51号猪鬃限制法令"。中国猪鬃在此起着重要作用，在抗战期间有限的出口外汇收入中，此项进账三千万美元。著名私营企业家古耕虞还成了世界著名的"猪鬃大王"。

舍猪之外，还有更好的家畜吗？我们在享用猪的肉体及种种时，是不是不应忽略或吝于赞美它的另一面象征，它身上也黏着勇敢、温驯、厚道、忠诚和奉献呢。

己亥猪年七月，全国各地开始实施垃圾分类法以来，对于如何区别垃圾，有网友总结说：垃圾是干是湿，让猪试吃，一吃便知，猪可以吃的是厨余垃圾，吃了会死的是有害垃圾，连猪都不吃的是其他垃圾，而可回收的垃圾则可以卖了钱买猪。这句玩笑充满网络。央视主播朱广权播报时感慨评论："猪肯定想说，我为人类付出了太多。"

我们要说，过于用浓厚的有色眼光来贬义猪，完全是停留于表面的观察，是以貌取猪，只能反讽人类自身的偏颇和缺陷。你听苏联自然学家赫森怎么说："猪不像马、牛、绵羊那样疑心重重，畏缩顺从；不像山羊那样鲁莽，天不怕地不怕；不像鹅那样满怀敌意；不像猫那样屈尊俯就；也不像狗那样摇尾乞怜。"

中国古今文人常从十二生肖中找灵感。南朝刘宋时期的文人袁淑，有感于"封爵之滥"，曾借猪说事，著《大兰王九锡文》。称猪为"大兰王"，乃取猪生活区"大栏"之谐音；九锡乃帝王厚赐诸侯、大臣的九种器物，赐时所颁诏书乃为九锡文。善作俳谐文的袁淑，开篇就围绕"亥"字渲染气氛："大亥十年，九月乙亥朔，十三日丁亥，北燕伯使使者豪豨，册命大兰王。"

其册命称:"君禀太阴之沈精,摽群形于元质,体肥腯而洪茂,长无心而游逸,资豢养于人主,虽无爵而有秩,此君之纯也。君昔封国殷商,号曰豕氏,业隆当时,名垂于世,此君之美也。白蹢彰于周诗,涉波应乎隆象,歌咏垂于人口,经千载而流响,此君之德也。君相与野游,唯君为雄,顾群数百,自西徂东,俯歕沫则成雾,仰奋鬣则生风。猛毒必噬,有敌必攻,长驱直突,阵无全锋,此君之勇也。"

以旧时八股公文格式,明为谀颂猪,实为嘲讽官场,滑稽戏谑中又助人认识猪的不凡作用,读来趣味横生。今人看后,再想猪曾有的"神圣之兽"之名,或云确非浪得虚名。

作为华夏先民最早驯养的动物和我们日常生活中最主要的肉食资源,猪在满足一代代人的口福之需上,居功厥伟。我们不能一边享用一边亵渎,它曾是神圣之兽呢!

即使你还要沿着被人类嘲笑了几千年的约定而笑,也不妨对法国哲学家、诺贝尔文学奖得主柏格森的名言咀嚼一番:"我们可笑一个动物,但那是因为从这个动物身上,我们看到了一种人的态度或表情。"

钟兆云,出生于福建武平,系中国作家协会会员、福建省作协副主席、福建省传记文学学会创会会长。15岁开始发表习作,迄今已发表1700多万字的作品,出版《刘亚楼上将》、《辜鸿铭》(三卷本)、《我的国籍我的血》、《项南画传》等40多部,曾获首届中国人民解放军图书奖、首届华侨文学奖、中国传记文学优秀作品奖、福建省政府社科成果奖、百花文艺奖、福建省文学奖等。担任编剧的电视连续剧在中央电视台播出。出席过全国第五届青创会、全国第八届和第九届作家代表大会。

《论语》读札

◎ 万小英

知己的境界

"人生得一知己足矣。"鲁迅的话道尽了知己的珍贵,但也透着人生的孤凉。中国文化传统推崇知己的境界与作用:"士为知己者死,女为悦己者容","莫愁前路无知己,天下谁人不识君","海内存知己,天涯若比邻"……但知己到底是什么?很多人恐怕说不清。

有人说,知己就是懂得自己的人呗,并以俞伯牙、钟子期"高山流水"的故事做范本。但确切地说,那是知音。中国人所说的"知己",其实包含着多重含义与境界。

《论语》中,子曰:"可与共学,未可与适道;可与适道,未可与立;可与立,未可与权。"意思是:一起学习的,未必追求相同;追求相同的,未必能共同坚守;能共守的,未必可以权变。孔子表达了相交的几个递进层次:同学,同道,同志,权友。

"同学"立足的是物理空间相同,"同道""同志""权友"

看重的是心灵空间切合，这后三者当可对应知己的三重境界。

第一重是"同道"，即知音的境界。能知音，两人的"道场"必定有交集，所以猜度得出、体会得到对方的心声、行为的用意。琴师伯牙弹琴，樵夫子期领会出"峨峨兮若泰山"和"洋洋兮若江河"。伯牙惊道："善哉，子之心而与吾心同。" 也正如看书，不必知作者，却可探到作者在作品中的深意。

第二重是"同志"，即鲁迅所说的"同怀"境界。"人生得一知己足矣，斯世，当同怀视之。"这是鲁迅当年赠瞿秋白之辞。"同怀"就是胸怀志趣相同，不仅思想上同道，而且行动上同道。也是我们通常说的志同道合。鲁迅所言知己，以"同怀"为重。画家凡·高若没有其弟提奥用一生的信念与行动支撑着他的灵魂与创作，凡·高将成不了凡·高。提奥就是凡·高的"同志知己"。

第二重是"权友"。孟子曰："男女授受不亲，礼也。嫂溺援之以手，权也。""权"即"权变"。"权友"也就是经得起变化和考验的知己。为什么经得起变化和考验？因为懂得对方的人生底色、价值取向，懂得深层的心灵，所以无论世事变幻、人心所向，他眼中的他依然还是他。无论何时何地何事，鲍叔牙对管仲都是既信任又理解，他所诠释的这份"知与信"，就是朋友之间不会时移世易的坚实。

"权友知己"算得上最高的知己境界，但有没有第四重呢？是什么呢？

苏格拉底说："认识你自己。""自知"尚且困难，又何求"他知"？无论是懂得一个人的部分，还是全部，对知己的要求都很高。而得遇知己，基本等同于运气。

可是为什么总要希图别人知道自己呢？当钟子期死了，伯牙为什么要摔琴绝弦，终身不弹呢？听众这么重要吗？

知己很重要，但我宁愿有这样的知己：他或许并不完全知我，但能让我知自己。

知己，让我知己。我喜欢这第四重境界。在人生态度上，这或许更积极，更有意义，也更可期望。

孔子的时间感

如果有人对你说"都40岁了，还没混出点名堂，让人不怕也不爱，你这辈子算完了"，大概你会抄起手边任意一个家伙，砸他脑门上。但这话若是孔子说的呢？

孔子对40岁这个年龄颇为敏感和注重。"四十五十而无闻焉，斯亦不足畏也已。"他说，一个人到了四五十岁还默默无闻，也就值不得惧怕了。还说，"年四十而见恶焉，其终也已"，一个人活到40岁，还是让人厌恶看不起，他这一辈子也就完了。

一个人的价值建立在别人的看法上，放到现代，这种观念算是落伍的。但是对"以礼为纲"的孔子来说，这很正常，"礼"本身就是将人分类，个人的坐标靠他人来定位。

孔子自己40岁的时候是什么样子？看他的经历，似乎仍是"理想很丰满，现实很骨感"。但是他晚年自述履历说"四十不惑"。看来，40岁，他想通了一些关键问题，取得了内在的精神突破。这个成就，别人鉴定不了，只有自己感悟。

"不惑"源于"惑"。从"惑"走向"不惑"，是一个在内心的战场上与各种抉择厮杀的过程。只有这样，才能在硝烟沉寂的时候，可以郑重其事史诗般地对一个时间点赋予标志：四十不惑。

最大的"惑"，是时间之惑。子在川上曰：逝者如斯夫，不舍昼夜。庄子看水，看到的是鱼之乐，孔子看水，看到的是自我在时间之川的消逝。

所以，他要"追赶"。"学如不及，犹恐失之"，学习就像赶不上，赶上了又怕丢掉了。这是无涯学海对有限生命的挤迫，是记忆与遗忘之间的拔河。

所以，他要"成长"。"吾，十有五，而志于学，三十而立，四十而不惑，五十而知天命，六十而耳顺，七十而从心所欲，不逾矩。"这是岁月积累的能量投射，是人与社会逐渐和解的过程。

所以，他要"情感"。"父母之年，不可不知也。一则以喜，一则以惧"。父母的年龄，不可不知。他们寿高，既为之高兴，又为之担心。无色无味的时光，加入情感的试剂，才会化学反应，生出色彩与温度。

所以，他要对时间"无视"。"朝闻道，夕死可矣"，早上闻道，晚上死了都行。人生的价值不在生命长短，使命为大。

孔子的时间感，说到底是一种恐惧。恐惧学不够，孝不足；

恐惧活一辈子，没有长进，没有闻道。那个将40岁与人生价值联系起来的孔子，其实是对自己的恐惧。

四五十岁似一座山丘，引人登高瞭望。无论在古代还是现代，它都是人们下意识的时间转折点，这边是来的上坡路，那边是将行的下坡路。在这个高丘上，孔子终于放下了恐惧。

不惑，就是从恐惧到不再恐惧。这也是他感知时间的过程。

孔子的愤怒

孔子的愤怒在《论语》里多有记载。一次他的老朋友原壤张开两腿蹲着，等孔子来。孔子见之破口大骂："幼而不孙弟，长而无述焉，老而不死，是为贼。"只是腿的位置摆放不当，就被全盘否定人生。

孔子骂起人来很"毒"。学生宰予白天睡了一下觉，就被他骂成"朽木不可雕也，粪土之墙不可圬也"。冉求帮着某权势大家致富，孔子自骂不解恨，竟然发动"群众斗群众"，"非吾徒也，小子鸣鼓而攻之可也"！意思是这小子不是我的学生，凡我的学生都要痛扁他。子路就更惨了，在孔老师的嘴里，不仅被说成粗野——"野哉，由也"，油嘴滑舌——"佞者"，而且被断言将来不得好死——"若由也，不得其死然"。

孔子就像一个隐藏着的"愤青"。他有自知之明，总是说自己不够君子不够圣仁："若圣与仁，则吾岂敢？""君子道者三，我无能焉：仁者不忧，知者不惑，勇者不惧。"很多人认为这是孔子的谦辞,我倒觉得是反省之词。

每次暴怒之后,孔子大概也会惭愧和惊讶:有什么可生气的?有什么可生这么大气的?但是如果有下一次,他一定还是这种选择。

有句话说:有爱就有恨。孔子的"恨意"说到底是出于对信仰的执着。因着这份信仰,他受了伤,那个"礼崩乐坏"的社会总是令他受伤。

如果可以,他希望对所有这样的行径发发脾气,诅咒一番,但是不行。"不可僭礼"——他所追求和奉行的囿住了他。在"邦无道"的年代,可骂的事很多,但以孔子所处的礼位,一骂就是越礼犯分,就是错。只有一次被问"今之从政者何如",孔子弱弱地讥刺了一句:"噫!斗筲之人,何足算也!"

怒气需要渠道发出,找谁出?不知孔子是事先心中盘算了,还是本能地就懂这条潜规则:骂"自己人"最保险。能骂的只能是原壤等老友,宰予、冉求、子路等弟子。现代不少领导也都领悟到这条精髓。

奇怪的是,子路他们挨了骂,不仅毫无怨言,而且更加屁颠屁颠地围在孔子身边。我有时怀疑,他们招骂是有意为之的吧?面对那样的世道人心,老师憋坏了怎么办?咱啥忙也帮不上,提供给他发泄郁闷的机会还是可以的。所以,在孔子面前,他们总是时不时地犯点低级错误。现代不少属下也都领悟到这条精髓。

两难下的选择

选择就是人生态度。孔子做过很多抉择,大多数都是很明确的。但是,世事不总是泾渭分明,界限总有模糊的时候,孔子也会遇到两难状况下的抉择。

"奢则不孙,俭则固。与其不孙也,宁固。"奢侈了就不恭顺,节俭了就固陋。奢与俭都不是孔子所要的,但是一定要选择的话,他选择的是俭。

"不得中行而与之,必也狂狷乎。狂者进取,狷者有所不为也。"处事"中行"的人才是理想之友,但如果没有这样的人怎么办?他的选择是狂狷之人。

"事父母几谏,见志不从,又敬不违,劳而不怨。"希望父母接受劝谏,但若固执不听劝,孔子的主张是憋在心里,不要表现出来。

陈司败问:"鲁昭公知礼吗?"孔子说:"知礼。"陈司败说:"我听说,君子是没有偏私的,难道君子还包庇别人吗?鲁君在吴国娶了一个同姓的女子做夫人,是国君的同姓,称她为吴孟子。如果鲁君算是知礼,还有谁不知礼呢?"

孔子明知昭公违反了"同姓不通婚"的礼制,但还是硬着头皮选择为他说好话。被人点破之后,只好"自嘲":"我真是幸运,一有错误,别人就给我指出来。"

面对为难的回答,我们仿佛看见了孔子在那些瞬间的犹豫踌躇，看见了他的思想斗争，看见了他自我求证、自我说服的过程。可以看出，他的选择杠杆最终会倾向"礼"。"礼"是一种制度仪式，当然古板的人比不羁的人更能遵守，所以舍奢取俭；狂狷之人说白了就是对生活有态度的人，若与之交，亦可在"礼"方面相互磨砺启发；劝谏父母首先要遵"孝礼"，形式比内容更重要。

昭公违反了"同姓不通婚"的礼制，但是臣子又有为君主讳言的礼制。昭公知不知礼，孔子怎么回答都会违礼。他最后遵从的是他的身份要求的"礼"，为领导讳言。

探寻孔子左右为难下的选择，我们明白了所谓的"礼"是会自相矛盾的。"君子而不仁者有矣夫"，君子也会有不仁德的时候。但又说，"观过，斯知仁矣"，兜兜转转，"过"也可成为"仁"。孔子大概在说，在两难选择中，就算有过错，亦是一种"仁"的表达。

万小英，《福州日报》主任编辑，福建省作协会员，福州市晋安区作协主席。

冶山梦寻

◎ 陈常飞

　　无诸启宇越王城，独眺逢秋百感横。
　　乌石鳌峰扶塔影，龙江螺浦卷潮声。
　　烟笼万灶青榕老，露落千林紫柘清。
　　铸剑人归池尚在，斗牛星上最分明。

　　这是明代文人郑霄的一首诗，名为《冶山怀古》。冶山，又名泉山，又作欧冶池山、将军山、城隍山、王墓山等。它地处福州北部，因位于屏山（越王山）南麓，自古有着"坐龙之腹"的说法。故而此地历代宫苑府署屡有修建，相沿不绝。这座小山丘曾经地势险峻、山峰嶙峋，但岁月的风烟，早已将其容颜剥泐殆尽，不见往日踪迹。如今寻游冶山，吟咏郑诗，让人多了一种愁绪。

　　冶山，古已有之。然而关于它的故事，也许应从那位"铸剑人"说起。

　　春秋战国时期，周王朝已经衰微，再也无力号令天下，诸侯之间互相征伐，问鼎中原。刀剑是野战的主要武器，在这样的时代背景下，出现了许多能工巧匠，欧冶子就是其中代表之一。这位春秋末期的越国大匠,曾铸造巨阙、湛卢、龙泉、泰阿等名剑。《越绝书》中记载,越王允常曾令欧冶子铸剑,他于是就在福建、浙江一带寻找适宜铸剑的地方。明代史学家何乔远,在《闽书》中记载道,冶山在"城东北隅。旧属怀安,欧冶子铸剑处也"。今池边尚存一古碑,文为:"三皇庙、五龙堂、欧冶池官地。"落款时间为泰定五年(1328)三月三日。光绪壬辰(1892)年间,亦立有"欧冶子铸剑古迹"一碑,可见人们愿意相信冶山下的欧冶池,就是这位我国铸剑鼻祖当时设灶铸剑的地方,即使有关欧冶子铸剑的遗址还有多处。

一段铸剑佳话驰名古今,多少文人名士在此流连,留下诗篇。宋福州知州黄裳《欧冶池》诗云:"人随梦电几回见,剑逐风雷何处寻?惟有越山池尚在,夜来明月古犹今。"读此,仿佛看到欧冶子当时"鼓铸凌飞翰"的身影,与池上淬剑时"芙蓉吐精英"的景象。逝者如斯,就连20世纪80年代所修建的青石栏杆,如今也已斑驳生苔,不知多少人曾经凭栏吊古,眼望一池风荷,诉说时代的感伤。

欧冶池以外,这里的名胜古迹还有汉代宫殿遗址、晋代子城遗址、城隍庙、唐代马球场、五代闽国三十六宫殿、宋代州衙园林、明清贡院、府学书院以及名人宅邸等。闽国时期王延钧曾在此构筑"藏春坞",室内画槛雕栏极尽奢华,他承父、兄余荫而放情纵欲,与"宁为开门节度使,不做闭门天子"的王审知,有着天壤之别。这处宴游之所,后来变为民居,如今时移世易,给人们留下了历史的镜鉴。

行走冶山上，最为抢眼的，莫过于那些大大小小的摩崖题刻："独秀峰""芳茗原""剑胆琴心""山阴亭"……寥寥几笔中，写出了冶山的静谧与作者的心境。这里有石刻50多段，文字多为清末民国时所题。摩挲石刻文字，除了惊叹先贤的书法艺术之外，文字本身的信息也足以令人浮想联翩。

冶山之巅，原有"九曲池"，水由石壁罅隙中流出，常年不涸。今流渠不见去向，但仍有"廉泉"石刻一段，直立在"九曲流觞"之上。"九曲流觞"，也作"曲水流觞"，源于中国古代民间习俗，历史悠久，后来逐渐演变为文人雅集的一种形式。这种活动的方式大致有两种：良辰日，文人墨客们列坐河渠两旁，一人于上游放置酒杯，使酒杯顺水而流，杯在谁的面前停住，其人即取杯饮酒赋诗，此为一说；另一种方式是，在水流上放两只酒杯，随其自流，俟至水曲处，二杯相碰时铿然有声，以为赋诗饮酒之助。古来文人雅士皆乐于此道，正如王羲之所谓："虽无丝竹管弦之乐，一觞一咏，亦足以畅叙幽情。"此游戏堪属冶山盛况，今"九曲池"遗迹系由民国时人所建造，其生动的形象设计，让人不由得联想起古代文人雅集的情景。

冶山东麓，有一座二层红砖房，那是海军耆宿萨镇冰故居。萨镇冰做了一辈子的官，后来位高权重，但他清廉一生，始终没为自己置下一份家业，到老仍然寄居他人住所。其子萨福均，曾相中福州一居处，欲买下，以供其父晚年安居。于是便先寄一笔钱让父亲和屋主洽谈。不料萨氏将钱随手救济穷人，购屋一事只好作罢。也许历史有意将冶山与这位近代海军风云人物连在一起，萨老80岁生日时，陈培锟、陈兆铿等20多位福州名流，为其在冶山构筑"仁寿堂"，作为他晚年栖居之所。萨老喜爱这座山，对仁寿堂也甚为满意，90岁寿辰时，曾题诗两首，表达当时的心情："仁寿堂前景物幽，沧桑饱览此归休。泉山近可供人赏，九十年华倦远游。"（其一）冶山陪着萨老度过余生，老人过世以后，其子遵照遗言，将仁寿堂捐献给政府。现在，这里已经辟为"萨公展览馆"，向过往游人展示他的生平。有人说，"仁寿堂是一座碑，一座纪念爱国者的碑"，因为它寄托着一代人对萨老的崇敬之情。

今冶山"六曲"处，系唐代"观海亭"遗址。亭久已倾圮，1936年，著名华侨胡文虎有感文物凋敝，故捐资重建，其后又遭毁坏。今存两根方石柱直立其处，柱面阴刻林森题识："玩琴台、观海亭据全山之胜，唐刺史裴次元廿九景遗迹。丙子春，永定胡文虎先生捐资重建。林森识。"水泥圆台边的林森字迹，是历史的遗存，留予游者瞻仰与怀想。唐元和八年（813），时任福州刺史兼福建观察使裴次元，在公务之暇乘兴登临冶山，在山上及周围开辟29处景观，并为之题诗20首。其中《天泉池》诗曰："游麟息枯池，广之使涵泳。疏凿得蒙泉，澄明觌秦镜。"另一首《芳茗原》诗，在此必须提及，因该诗为闽中地区所发现的最早"茶诗"，也是唐代福州地区产茶的重要佐证。诗云："簇茂满东原，敷荣看靃靡。采撷得菁英，芳馨涤烦暑。何用访蒙山，岂劳游顾渚。"裴次元将冶山东麓原野上的茶园与蒙山、顾渚出产的名茶相互媲美，生动勾勒出一幅"夏月冶山品茶图"。

同年，他还在冶山东南麓开辟马球场，其下属冯审作文叙述了这件事的经过。1958年，鼓屏路东侧出土冯审"球场山亭记碑"，可惜碑文已经残缺不全。这里曾是唐代福州最大的马球场，据有关专家测绘，其面积达到1万多平方米（一说4万平方米）。现今马球场一角已在重建，相信不日将恢复"旧观"。

冶山，早已苍老。历史只剩下那些文物古迹、古建残留及文献典籍等供人游观遐想，追寻前世的梦影。所幸，两年前由福州市政协杨凡等，组织卢美松等学者专家，编写《冶山史话》一书，人们借此可以大略了解这座山的概貌，聊补古迹遗存之缺憾。

己亥正月某日，笔者于冶山一游后，开卷静读有感，写下了这篇短文。

陈常飞，福州市政协文史委编辑，鼓楼区政协委员，福州市作协副秘书长，鼓楼区作家协会副主席兼秘书长。中国民协会员、福建省历史名人研究会智库专家，福建省作协会员。曾编著《德成书院史话》，主撰《闽山庙会文化》，编译《论语四教译述》，著有《芸窗习咏》《芸窗随笔》，执行主编《吕惠卿研究史料汇编》等书，参与编写《福州鳌峰史话》等书。近年致力于书院文化的研究、宣传。

鄞江故事

◎ 练建安

过　坎

腊月二十九，年下圩。落日西沉，满堂和阿爸德凤肩扛担竿沿山路回村。担竿上挂的棕索，俗称络脚，晃晃荡荡的。

爷俩足力健捷，片刻，登上了西向山坡。晚霞绮丽，群山连绵，村落宁静祥和。参差错落的泥墙黑瓦上，飘散袅袅炊烟。

满堂出神地望着对山的一座五凤楼。楼内猛地蹿起数道白烟，半空炸裂，一会儿，传来闷响。

戳在那，满堂不走了。

满堂喉结搐动，说："今晡是春娣定亲的日子吧？好多人哪，蚁公样般。"

德凤说："傻子啊，同族同姓，春娣和你无缘。"

太阳下山了。德凤父子来到了三岔口。

大樟树下，坐着一对三十出头的男女。旁边，放置猪笼竹竿。男的乌黑壮实，拿出一条熟番薯塞给女的。女的脸黄瘦弱，说不饿，饱饱的，吃不下。两人你推我让，拉拉扯扯。

猪笼里的黑猪仔，叫槐猪，七八十斤，架子显，耷拉耳朵，见人靠近，便惊恐地转圈，哼哼唧唧。

"买的？"

"卖的。"

"没卖掉？"

"不到三块银圆，俺不卖。"

"哪村的？有点面生哟。"

"笠嫲崇的。俺堂姑嫁到你们村，叫来招子。"

"噢，来招婶子的大侄哥啊。"

"俺也认得您哪。前年到俺村舞狮子，硬是赢了铁关刀的三斗米酒呐。啧啧。"

"嘿嘿。后生，喊嘛介？"

"大名是叫禄贵的。乳名板墩。"

"板墩，俺也不多还价，两块半。"

"两块半？"

"两块半。不能再多了。"

"俺要和家里的商量一下。"

板墩就拉着那女人走开，悄声说话。

"娘……"女人扭过头去，像是要流泪。

板墩走回，说："两块半就两块半，现钱。"

德凤摸出银圆："先付两块，欠款年后给。"

板墩涨红着脸："便宜卖，就是等钱急用哪。"

德凤缩手："这两块，还是老东家的。俺只有脚钱300文。"

板墩一跺脚:"两块,添 300 文,卖了!过年就是过难。"

德凤感慨:"这年头,过年还是过坎。"

一手交钱,一手交货。板墩连带猪笼竹竿也一同奉送了。

满堂心不在焉,不吭声。爷俩搭肩,扛起猪笼,一前一后,踏着暮色赶路。

村外,小溪蜿蜒南流。水车旁,有独立排屋。这就是德凤家。

凤婶老远就瞧见了猪笼,赶紧抱来稻草,铺入猪栏。刚铺好,爷俩也就到了。

前些日,家里的大白猪卖给了七里滩的唐大善人,得款还清旧债,剩余两块银圆,当当响,猪栏却是空着。

德凤取出银圆,径往外走。

"不要等,先吃。"

德凤返回,已是掌灯时分。

满女随小哥给外公送年礼回来了,正在呼呼啜粥,放下碗筷,甜甜地喊了声阿爸。

德凤坐下:"吃吧,吃吧。"

桌上很丰盛,油豆腐,猪膏渣炒雪里蕻,猪骨头炖水咸菜,煮番薯芋头,管够管饱。

兄妹几个不时张望厅堂横梁。那里挂着一扇新鲜猪肉,前腿肉。日里打狮班送来的。

德凤抓起煮地瓜,想起了什么,掏出一把铜钱,摊在桌子上,推向凤婶:"收好,老东家赏的。"

"当家的,那乌猪仔,不对劲呢。"

"嗨,搞一把黄连、桔梗、板蓝根,拌入猪食,三五天,包好。"

三十大早,村庄敬神祭祖的鞭炮声,此起彼伏。清新透明的空气里,荡漾着缕缕香气。德凤带满堂张贴大门对联。私塾华昌先生手笔,颜体,红纸黑字。

"哎哟嗨,衰哟,还衰哟。"

循声望去,猪栏边,凤婶踉跄而出。

乌猪仔翘尾巴了,硬邦邦的,周身布满红黑斑点。

德凤紧咬腮帮。良久,嘶哑着说:"满堂,去,拖走埋掉。"

凤婶嘟嘟囔囔的。

德凤说:"莫叫啦。赶紧挑几担石灰来,猪栏里外,不留死角。"

太阳出来了,一家子沉闷地吃过早饭。德凤就去大围屋找荣发了。每年正月,客家山乡都要舞狮子。德凤和荣发,是最健壮的一对。

两人喝茶聊天。讲完狮班安排,德凤起身告辞。荣发说:"凤哥,您有心事啊。"德凤锤了老伙计一拳,朗声大笑。

走上石拱桥,德凤遇到了六叔公。

六叔公养了一群生蛋白鹜鸭,过年也不得闲。

六叔公说:"奇了怪了,溪坝里,福佬嫲捡到一头乌猪仔。"

福佬嫲七老八十,孤苦伶仃的,住在溪边一栋废弃的老屋舍里。

德凤径奔老屋舍,苦心劝说福佬嫲不吃瘟猪,要赔她一扇前腿肉。

德凤回家，问满堂，瘟猪仔埋在那儿了。满堂红着脸说，扔在溪坝里了。德凤说，满堂，都是快要娶媳妇的人啦，做事要老成哪，那东西被五婆捡去了，害人嘛。满堂低下了头。德凤说，狮班给的，留下三斤，都给五婆送去。瘟猪肉，全倒入粪坑里头。

满堂斫下一块肉，扛猪腿过溪去了。

德凤坐在门口竹椅上，吧嗒吧嗒抽旱烟。忽听哇哇哭声，满女的。接着，传来小哥的抽泣。德凤挥动烟杆嘭嘭敲击木门槛。安静了。远处，鞭炮声断断续续。

三年后的一个冬日，汀江流域竟飘起了纷纷扬扬的雪花。沿江石砌路，光滑难行。德凤、满堂一大伙挑夫从大埔石市挑来盐包，翻越鹞子岽，前往河头城装船载运。

"救命啊，救命！"

途经半山亭外，忽听撕心裂肺的呼救声。

百十步远，两个威猛蒙面人，翻转刀背，狠力敲打一个乌黑汉子。

乌黑汉子跪地哭号。

那不是笠嫲岽的板墩吗？

德凤他们停下了脚步。

"凤哥，救吗？"荣发问。

德凤站在原地，不动。

雪花飘落在斗笠上，无声无息。

"救！"

德凤和他的同伴，几乎同时抽出了硬木担竿。

鹅卵石

"呼……噗！"

"呼……啪嗒！"

满堂站立在汀江支流石窟河的乱石滩上，近以阴手，远则甩手，瞄准岸边土堆及河心枯木树干，打出鹅卵石子。

河滩背风的地方，三块石头垒起炉灶，架一口小铁锅，枯枝燃烧，白烟袅袅。冬日的河流，水清浅，芦花飞落。一群白鹜鸭悠闲扑腾、觅食。

一阵欢快的唢呐声传来，一顶大红花轿从山脚转出，鱼贯行进着迎亲送嫁的人们。

哦，谁家的大妹子出嫁啦？

秋冬时节，稻谷登场入仓，汀江流域进入农闲阶段。婚嫁，起大屋，贺寿庆生，串门走亲戚，时或有之。

满堂傻站在河滩，手上的一块鹅卵石滑落下来。

你一个穷光蛋，做梦讨老婆，癞蛤蟆想吃天鹅肉呀。

"哈，哈，好香！"

满堂回头，看到一个黑铁塔似的大汉，揭开锅盖，掂起鱼尾巴，呼呼吹气，就要啃吃那条大鲢鱼。

"留点给俺好不好？福星哥。"

"见日吃，不吃腻啊？"

"俺还冇食朝呢。"

"苎叶粄，给你留着。"

满堂打开草编饭箪，连吃三大块。苎叶粄，柔软香甜，黏牙缝。

吃饱，坐在巨石上喝鱼汤，一只鸡公碗头，满堂一口，福星一口。

有人喊，福星，走喽。

福星操起横卧石滩的担竿落脚，拍拍尘土，回头一笑，走了。

那一口白牙，好似山锄铁轧。

那缀满补丁的长裤，又破啦。裤烂，腚出。

冯大善人和这样的苦力有什么深仇大恨呢？

冯大善人是闻名远近的"百万公"。传说，山上树木，赛过全邑百姓家吃饭的竹筷。长年经营木材，沿江去广东潮州贩卖，赚入白花花的银两。近年，凉伞崬的杉木被大量盗伐。据说，挑头的，就是他的亲外甥福星。福星装穷，挑担卖苦力，其实，他在汀州城添置了几处房产。

大管家找到满堂，问，大善人对你咋样？满堂说，好。大管家说，求你做一件事。满堂问，啥事？大管家说，废了福星一条胳膊。

满堂是飞石高手，他有办法。

原来，这石窟河两岸，有冯、何两寨，地形似虎似象。两族通婚，守望相助。此地有一奇特习俗，大年初三日上午，各自过河拜年，主家热情款待，姥爷舅哥叫得欢实，其乐融融。

酒足饭饱之后，拱手作别。过河，双方就翻脸，破口大骂，强盗贼客，啥难听招呼啥。火冒三丈，遂捡石子互掷，愈演愈烈，双方族群壮丁参战，飞石破空而来，河流浪花四溅。两岸间或有人受伤，一抹香炉灰，重新上阵，嘀嘀叫骂。奇的是，数百年来，不出人命。

此俗成因，一说地势险要，明清时设盈塘寨巡检司。兵凶战危，百姓苦练武艺。一说两岸地形，"虎象相争，不斗不发。"

数百年互斗，为何有惊无险？

高手飞石，可击穿百十米远的寸把厚木板。两族严禁飞石高手出战。

如石桥妹，如书生达德（见《飞石》）。

满堂是连城县远道来投靠族亲的孤儿。闽西民谚说："打不过连城，写不过上杭。"连城拳术，内外兼修。巫家拳流传江南八省。满堂之母，巫姓。

冯大善人借给满堂河边一块地，搭草棚，满堂养一群白鹜鸭，上街卖鸭蛋。闲时，就练飞石，不拜师，不学艺，瞎忙。村人都笑他傻。某日，冯大善人外出游玩，看到满堂投石击鱼，飞石入水，打翻刺鲃。刺鲃游速快，极为不易。可见，此为深藏不露者。

不久，大管家就来找满堂了。

村尾打铁铺的唐大力与满堂投缘。一次酒后，唐大力说，满堂，你要有一亩三分地，俺满女就许配给你。

满女，水灵灵的。白璧微瑕的是，跛一足。

满女红了脸,爹,你又喝高啦。

满堂看一眼满女,低下头,傻笑。

回到河边草棚。大管家见满堂不言语,就说,俺晓得福星是你好兄弟。你这飞石,是救他的一条命。等到官府出面,目无王法,他是要被杀头的。

满堂说,俺要河滩的一亩三分地。

大管家笑了,河滩地,就是一亩八分也行哪。事成之后,俺给田契。

满堂说,俺不多要,一亩三分地。

大管家说,行,就依你。

两人击掌为誓。

石窟河边,有黄鼠狼出没,捕食家禽。

一日午时,满堂发觉河边荆棘丛中有动静,一只黄鼠狼探出头来,飞石到,打翻黄鼠狼。满堂近前,黄鼠狼翻身逃窜。满堂大惊,扭伤脚踝。

连续几日不能出工,满堂窝在草棚,闷闷不乐。

福星来了,带来了簸箕粄和跌打损伤草药。

福星生火煲药。

满堂吃着香喷喷的簸箕粄,鼻子一酸,哽咽说,福星哥,俺,俺不是人。

福星就笑了,黄鼠狼,该打。鬼才信它有灵气。

转眼,入年界了,过年了。

爆竹声声除旧岁,梅花点点迎新春。

年初三,上午,冯、何亲戚过河拜年。下午,对骂,飞石开战。

何福星新衣新裤,头戴礼帽。他有蛮力,投石远,却无准头。只见他满脸涨红,扯破嗓子叫骂,奔走跳跃,极兴奋。

这边岸上,大管家将一块结实的鹅卵石塞给满堂,拍了拍他的肩膀。

满堂往前挪了几步,贴近河唇。

对岸飞石,溅起朵朵水花。

满堂甩手,飞石过岸,击落福星的礼帽。

福星弯腰戴上礼帽,刚起身,又被打落。

反复三次落帽,他就不戴了。

他看到对岸的满堂,木然站立,也不晓得中了什么邪。

积善楼

枫岭寨经七里滩,过黄泥冈,一铺半路,就到了老圩场。

老圩场位于杭川与武邑交界处,千里汀江中游的老集镇。镇子按八卦方位设计,白墙黑瓦,参差错落,风光一时。古诗说:"八千人家河两岸,繁花兴盛冠三边。"三边者,闽粤赣边。繁花之冠,就有点夸张了。农耕社会,河运发达,这里客货辐辏,也确是个大圩场。

镇文化站的邱老说,那年头,过往的客商多,每日要杀百多只猪,外地来的婊子馆就有六七十家,红灯笼一闪一闪的,从山脚挂到了河边，嘿嘿，你说旺不旺？

冬日上午，阳光懒散。我和邱老、文清走在老圩场冰凉、光滑、残破的麻石板上。两边的骑楼，泥灰多有剥落，露出青砖。木雕门窗或残缺不全，北风起，啪啦啦响。

老圩场有一顶省级历史文化名镇的帽子。老百姓家门口，挂着当地政府统一定制的姓氏郡望楹联。据说，这是全国独特的客家百姓镇。弹丸之地，群族聚居达118姓，全国罕见。有人不服说，汀江流域的大码头，差不多都是八方杂处，非独老圩场为然。

一些小吃店、土杂店、草鞋竹编店、剃头店还开张着，寻常日子，总有一些游客来访，稀稀落落的。闲散的店主们好像若无其事，却在不经意间投来一瞥，迅速判断有无生意可做。

我们走过一座街旁的诸葛武侯小庙，忽听喇叭弦乐之声大作，颇热闹。邱老说，这是民间音乐十番，要不要进去看看？我摇头。于是，我们走开了。数十步后，十番停了，喇叭断断续续响了几声。

我们来到汀江边。

江水清澈、平静，倒影青山。午日的阳光下，游鱼历历可见，悠忽往来。江湾，有一条采沙船，马达声时隐时现。

樯帆如林的景象，已成往昔。

对岸，竹林掩映，有一座三圈的大围屋，飘荡炊烟。屋顶黑瓦上，翻晒着一长溜大盘篮的红柿子。

大门有楹联，远，看不清，门楣，可见"积善楼"三个隶体大字。

我想去看看，可以吗？

你有眼光。这个积善楼，有故事。

哪一座楼没有故事呢？

这个故事不同一般。

邱老说，300多年前，具体哪一年，说不清了。这积善楼原来是一座小茅屋，开山种柿子树的人搬走后，来了一对潮州夫妻，女的叫阿秀，养鸡鸭，男的叫阿发，卖麦芽糖。日子过得清贫。除夕夜，对岸老圩场酒肉飘香，爆竹连天响，这对夫妻却思忖着溜到山上躲债。忽听拍门声。惊恐开门，暗夜里，门外站着一位陌生的魁梧汉子，也不说话，一挥手，十几个人挑来沉甸甸的箩担，放下就走，把茅草屋都差不多堆满了。夫妻俩如在梦中，待清醒过来，赶出门去，那群人早已不见了踪影。回头拨亮油灯近看，哎呀，俺的亲娘也，全是白花花的银子噢。夫妻俩是实诚人，等了三年，没人来，就跌珓，问这些银子可以不可以用。连跌三次珓，都如愿。他们就用这些银子建大围屋置地，成了远近有名的"百万公"。那么，这个故事呢，民间有说道，叫作"鬼子担银"。

邱老，你相信吗？

邱老说，噢，忘了说，那家姓东，东方的东。传说，祖上是在广东潮州做大官的，一天，行船来到梅州三河坝，渔民捕获了一条8尺长的红鲤鱼，要杀，红鲤鱼见到大官就流眼泪。大官买下了，放生。好人有好报嘛。

"呵呵呵。"一直没有说话的文清忍不住笑了。

咋？你不相信？

邱老，你是民俗专家，我们怎么能不相信你呢？"鬼子担银"的故事很精彩，民间传说也有几百年了吧？不过，文清这个书呆子，研究方志谱牒很用功，你们不是也经常切磋吗？或许，他又找到了什么宝贝呢。俺们听听也好。

文清说的故事，见诸《东氏族谱》之《福昌公传》，翻译成白话文是这样的：

清康熙年间，福昌公任潮州知府，清正廉明，遭奸臣陷害，灭族。此前，福昌公儿子阿发看望野山窝的老丈人家，闻讯就和妻子逃到了老圩场，养鸡鸭卖麦芽糖为生。仲夏夜，月色皎洁，夫妻俩在庭院内喝茶聊天，幼子阿东翻出一只小布袋来玩，里头滚出一颗乌木珠子，附一张纸条，是福昌公手迹，写道："难关过不去，凭此见杨公。"杨公，梅州三河坝巨富，乡团魁首。沿汀江韩江山匪水寇被他次第肃清，"以霹雳手段，显菩萨心肠。"是铁腕人物。阿发夫妇带着阿东跋山涉水，走了三日，来到了三河坝，拜谒杨公。杨府门子不让入，训斥他们说，杨公是谁想见就见得着的吗？阿发将两块铜圆扔到门子的口袋里，亮光一闪，门子感到了口袋的重量，他知道这只不过是铜的，但这乡巴佬总算懂事，绷紧的脸随即松弛了些。阿发呈上乌黑木珠，说这是杨公的旧物。门子半信半疑，入内呈报。片刻，杨公召见，赐座，看茶，和颜悦色，问阿发有何难处，尽管说来。阿发嗫嚅，额头上冒冷汗，老半天答不上话来。阿秀鼓起勇气，说，杨公大人，俺们要100两银子还债，债主老是上门。杨公说，咋回事嘛？阿发说，前年粮荒，借了纹银10两籴谷，驴打滚，就滚成这样了。早晓得，饿死俺也不要。杨公大笑，嘱咐管家盛情款待，转入里屋，就不再露面了。餐毕，阿发夫妻辞归，管家给了他们一个包裹，说里头是100两白银。夫妻俩感激不尽。三日后，回到家里，见门口站立着一位魁梧汉子，吓得赶紧要逃走。汉子问，来人可是福昌公家的？阿发说是。汉子又问，德昌公贵姓？阿发说小姓东。汉子走开，片刻就有十几个大汉挑着箩担入屋，堆满了草堂。

那么，杨公为何要报恩？

他就是那条8尺长的鲤鱼。

鲤鱼精？

他其实是被三河坝巡检司捕获的山匪。

山匪？

明末清初，社会动荡不安。你可以说是绿林好汉，也可以说是起义军将领。

福昌公为何要救他？

杨公是读书人，临刑前吟诵了一阕词，壮怀激烈。

什么词？

岳武穆的《满江红》。

《满江红》？

谱牒的记载是："公壮而奇之，亲释其缚，嘱其见贤思齐为国栋梁，赠以银。"

辅　娘

乌石滩上，乌黑鹅卵石遍布，被9月的骄阳晒得滚烫。江流平缓，倒影日光。百十只麻袋高低胖瘦、横七竖八地墩在那里，上下扭动，一些麻袋里发出含混的呜呜喉音。

麻袋里，全是掠夺来的女人。

一群军士兜鍪铠甲，手执明亮兵刃，紧紧地盯着她们。有年迈的老兵，目光发绿，口角流涎。

石将军右臂包裹纱布，渗透血迹。他骑在战马上，踏着碎步，在乌石滩上巡回。他的身后，是黑马黑盔甲，一字排开，肖然不动。

这是大唐陈家军。

大唐总章年间，泉潮间"蛮獠啸乱"，陈大将军率河南光州5000名将士南征平叛，几经苦战，九龙江、汀江流域大半荡平。

新的问题也出现了，征战将士，难以落地生根，军心不稳。石将军用兵向来奇诡，遂破峒寨掠夺妇女，依例抓阄分配。士兵依次抚摩麻袋挑选，打开，美丑老嫩，不得反悔。

昨日，石将军率部捣毁盘陀岭峒寨。激战中，石将军被敌方麻脸女将暗箭射伤。石将军霸王枪刺出，转念间，枪尖荡开，绕过了她。

"序齿，抓阄。"

石将军丢下四个字，拔马回营。

黑马队依次紧跟。

走了一箭之地，石将军勒马："柳松，出列。"

柳松纵马跃出。此人英俊挺拔，上唇绒毛初绽，一脸阳光。

"柳松，贵庚？"

"贵庚？哦，报大将军，虚度二九。"

二九，不是说29岁，是18岁。古礼，还不到及冠之年。《礼记·曲礼》记载："男子二十冠而字。"

柳松是亲兵中的勇者，年龄确实是小了些。

"令尊、令兄随本将喋血沙场，如今，只有你这一根独苗了。你，留下。"

"遵，遵命！"

"屈指算来，有余。赏给你了。"

"遵命！"

"准假三日。"

"遵命！"

留下柳松，石将军一行走远了。

乌石滩上，就剩下一只大麻袋了，直立不动。

两名军士手按刀柄，忠于职守。

柳松注意到，数里长的沙滩芦苇丛，起起伏伏，传出了大呼小叫，极热闹。

柳松催马疾奔，捞起麻袋，一磕马镫，黑马箭也似的射向唐化里。

282

唐化里，是唐军兴建的归化山民与军士混合的聚居村落。

来到汀江唐化里外，落日斜照。入寨，迎面而来的是规整的生土结构的"四合院"。东南角，是族叔柳校尉的住宅。族叔接报，收拾好厢房，一家子走亲戚去了。

柳松入门，系马庭院柿树，将麻袋扛入厢房。

厢房内，悬挂着泛黄画像，一员壮士，张弓搭箭，直指长空。族谱载，上祖乃唐尧射师，神箭手。

画像旁，是红双喜。香案上有果品红烛。

夜色降临。点燃红烛，柳松抽刀解开麻袋。

啊！

一声惊呼。

麻袋委地，展露出一张麻点斑斑乌黑老旧的面孔，刀疤结痂，双目喷火。

扯出嘴上布团，割断捆绑麻绳，柳松结结巴巴地问："你，你是何人？"

"你又是何人？"

"我叫柳松。"

"我叫蓝凤凰。"

"你，你，你走吧。"

蓝凤凰长身而起，显健硕，孔武多力。她向柳松鞠躬，出门。

柳松面对祖宗画像，闭上了眼睛。

当柳松再次睁开眼睛时，蓝凤凰又回来了，羞红着脸。

她走不出去。

柳松把她留下了，不想碰她。

三天后，柳家人返回，笑嘻嘻的。柳松却要搬走了。石将军命令他独自守卫悬针隘哨卡。

悬针隘哨卡，实为瞭望哨。汀江上游有警，高山上历历在目。燃烧狼烟，基地有备无患。

高山顶上，老兵留有一间石屋。

月圆之夜，蓝凤凰光着身子靠了过来，柳松连连躲避，滚落床下。

第二天，喝过咸菜稀粥，蓝凤凰收拾碗筷，问："嫌弃我丑陋吗？"柳松："丑，又如何？不丑，又如何？为何不走？"蓝凤凰说："天下之大，能走到哪里去？"柳松说："不走，就留下。"他抓起斩马刀，出石屋。蓝凤凰的眼泪，"啪嗒啪嗒"地掉落在瓷碗里。

弓箭手目力强，山下动静，难逃踪影。

日子就这么不紧不慢地过着。

深秋，为备越冬，柳松下山背粮，蓝凤凰采樵。蓝凤凰天黑不归，柳松在深谷找到了她。脚崴了，柳松背她上了山顶。

柳松捣碎草药，为之疗伤。蓝凤凰目光怔怔的，她说："丑，我知道。我只是脸黑，却不老哪。"柳松笑了："老蓝，你这是想到哪儿去啦？"

汀江之冬，刮了几天老北风，高山上就纷纷扬扬地下雪了。

夜，月色惨白。冰粒打在门板上，"啪啪"地响。

长夜难眠。他们在石屋内烤火，有一句没一句地说起了山下旧事。说着说着，四目相对，就有些感觉了。

"咣当！"

"咣当！"

"咣当！"

破门声。

哨卡立于悬针隘千仞石壁，夹缝如穿针，立卡，竖圆木门，裹以生铁，坚固难摧。

柳松提刀持弓，冲出。

月色下，门破，一群蒙面人拾级而上。

柳松箭似连环，射倒若干黑影。三团黑影拨落飞箭，几起几落，飘上山头。

三把大砍刀指向柳松。

柳松弃弓持刀，斩马刀。

杀！

头一回合。柳松撂倒一个。蒙面人后退，步步逼近。

尖叫声。蓝凤凰舞动两把菜刀，呐喊杀奔敌阵。也就是一个回合，柳松不敢相信自己的眼睛，两个蒙面人屹立不动，接着，先后直挺挺地扑倒在雪地里。

同时倒下的，还有蓝凤凰。

柳松哽咽："老蓝，老蓝，你这是何苦？"

蓝凤凰惨笑："不要叫老蓝，叫我……辅娘。"

许多年以后，中原南迁汉人的一支在闽粤赣边形成了客家民系。客家人妻子的亲属称谓就叫"辅娘"。与之相类似的，另一支南迁汉人称妻子则为"诸娘"。"辅娘"与"诸娘"，疑为方言词转音，故事或同出本源。

窖　藏

悦来客栈。这样的客栈到处都有不是？这一家，在汀江中游的大沽滩。

800里汀江南流闽西粤东，出汀州，经武邑，过杭川百十里外，就到了大沽滩，下行不远，是百年后将被淹没在水底的河头城，河头城之下，石市、茶阳镇之后，是大埔三河坝，汀江、梅江、梅潭河汇聚成了韩江。

大沽滩是杭川中都古镇水陆码头，人货辐辏。悦来的客栈规模最大，二进36间客房，楼高三层，青砖黑瓦，临江，风景好，推窗，但见白帆点点，往来穿梭。

客栈老东家是邱泰昌，木纲行商人，发了财，起了"九崇屋"，还从潮州人手里盘下了这家客栈。

老东家泰昌的满女嫁到武邑象洞墟去了，一年后生了"双巴卵"。做过周了，路近，泰昌和大婆带着幼儿鞋帽衣物去做客，归途经山子背，就遇到了一伙持刀蒙面人。危急关头，有壮汉挺身而出，扁担呼呼响，打跑了劫匪。

这人是挑担行长路的，姓练名金旺，早上挑米下广东石寨，无货上行，空肩归，路上就遇到了这档事。

泰昌问金旺一年赚多少银两，金旺就笑了，说挑担的，混碗饱饭就行啦。泰昌问他愿不愿意留在悦来客栈扫地,管吃管住,一年开20两银子工钱。金旺想了想,就爽快地答应了。

山子背故事,悦来客栈无人知晓。金旺勤快,鸡啼起床,先把客栈门前的一条百十米长的青石板路扫得干干净净。半上昼,客人起床了,再扫院子内的。客栈的力气活,随叫随到。

店小二叫阿宝,是老东家的堂侄儿,是个"人来熟",嘴杂,有事没事的,爱黏着金旺。

金旺扫地,很有章法,时快时慢,或左或右,竹扫把在他手上,像是一根鹅毛似的。奇的是,地面坑洼,他扫把一次过,再挑剔的人,也找不出半点拉杂。

通常,金旺扫完地,洗漱,抓几个铜板,就到大碗茶楼去。他的早饭是三个大肉包,一壶茶。老东家说,你一年挣不了几个钱,爱喝茶,就算在俺名下。

早上,金旺又出去了。阿宝摸到大门角落,掂量掂量竹扫把,沉沉的,险些拿不动。摇摇,沙沙响,竹节里灌注了铁砂。阿宝有分寸,不说。

客栈按季发薪水。夜晚,阿宝拎了坛米酒来串门,找金旺喝酒。金旺拿出了一包五香牛肉干。大碗喝酒,喝得差不多了,阿宝凑近金旺说:"哥,俺和您说一事。""你说。""春香楼来了几个新鲜的,嘻嘻。""嘭!"金旺将酒碗往桌上一放。"啊,啊,忘了关店门啦。"阿宝溜了。

转眼到了腊月十六,过年气氛浓了。老东家设晚宴,请来众伙计。这就是闽地习俗"尾牙宴"了。酒席上,鸡头正对着账房先生，老东家又将一块鸡腿夹在他的碗里，说是辛苦了。账房先生强颜欢笑。他明白，按规矩，他被解雇了。

次日晨，金旺刚抄起扫把，阿宝就黏了过来，悄声说："账房先生，昨夜就走了，说是短了银子。"金旺不搭理，阿宝一脸诡笑："他，他是老板娘的表哥，表哥哦。"金旺盯了他一眼："闲嘴咬鸡笼！"

老板娘是老东家的小妾，在潮州做生意时带回来的，叫银花，大婆说她是"狐狸精"。银花后来生了个带把的，起名文龙，上蒙馆了，平日里就和娘亲住在悦来客栈。

开春的一天，文龙半夜闹肚子痛。银花拍门，金旺二话不说，背起文龙飞奔"悬壶堂"。小华佗问诊施药，文龙当即就不喊痛了。小华佗捻着花白胡子说："银花呀银花，幸亏你这伙计跑得快，迟几步，嘿嘿，就难说啰。"

老东家特地提了一坛全酿酒，送给金旺，说，金旺啊，好，好，俺不会看错人的。

悦来客栈人来人往的，被褥是一天一换。这就雇请了本地张二嫂洗晒打理。张二嫂人高马大，脾气也大，手脚却麻利。只要是晴天，日见她在井台边提水，洗洗涮涮的。一个上午，白净的被褥就挂满了整个庭院。

金旺扫地，一身臭汗的。换下褂子，自家去搓洗。张二嫂搭眼一瞄，装作没有瞧见，一句客气话也没有。

这天上午，阳光暖洋洋的。银花歪在柜台边嗑瓜子，扒拉着算盘，"啪啪"响。她眼尖，看到金旺端着满木盆衣物往井台边走去。

"金旺，你过来！"

"哎，叫俺？"

"过来。"

"哎。"

银花叫金旺把木盆放下，说，这些活，叫张二嫂干就是了，一个大男人，怎么好意思抢女人的生意呢？金旺脸红耳赤，不好还嘴。

汀江日夜流淌，日子就这么不急不慢地过去了。

金秋九月，客栈庭院的柿树结满了红艳艳的果子，落叶遍地。

昨日，入住了一位赣州客商。他招呼伙计抬入了12箱重物。客房彻夜亮光，一大早，他们结账走人。

金旺晨起扫地，帮苦力搭了把手。客商咳嗽一声，伙计头目就推开了他。这个早上，金旺手脚慢了些，扫好地，差点错过了大碗茶楼的头笼包子。

夜晚，阿宝辗转难眠，起床摸到金旺的房门，轻敲，低叫，无人应答。竖耳听，没有动静，往日的如雷鼾声呢？阿宝蹑手蹑脚缩了回去。

一夜无话。

第二天，整个古镇都沸腾了。说是那个赣州客商不是客商，是当大官的，致仕回家，带了12箱金银珠宝，一路小心翼翼，日宿夜行。不料，昨夜船过七里滩时，被打劫啦。汀州府捕快，全体出动搜捕。

洗漱毕，金旺请阿宝一同去大碗茶楼。阿宝很兴奋，一路上连蹦带跳、喋喋不休。

大碗茶楼颇热闹。一壶茶二碟六个大肉包端上来了。阿宝举筷，左肩被拍了一下。抬头，就看见一个大汉，刀疤脸。他说，借一步说话。

阿宝随刀疤脸坐到另一桌去了。

"这位小兄弟，是寨背人吗？"

"是的。"

"老父篾匠，老娘做媒婆。"

"是啊，咋啦？"

"家有小妹，送张家寨做童养媳啦？"

"咋啦？"

"没啥，随便聊聊。"

说完，刀疤脸也叫来一壶茶、三个大肉包子，不再理睬阿宝了。

阿宝嘟嘟囔囔回到金旺桌边。金旺头也不回，筷子指向大肉包子，说，趁热，趁热吃。

三天后，金旺来"九紫屋"找老东家，说是想回老家了，要辞职。老东家说，回家，随时都行。蔽号有啥事对不住你的吗？说说。没有，哦，工钱好商量哪。话说到这里，金旺就不好再说什么了。

转眼到了重阳，当地客家习俗要尝新禾打糍粑。九日上午，庭院柿树下，洗净了石臼，端出了蒸糯米饭。金旺和阿宝一左一右挥动木杵，起起落落。同样一右一左搅动石臼中糯米饭的，是银花和张二嫂。

"嘭……嗒。"

"嘭……嗒。"

热气腾腾的糯米饭散发出诱人的清香。

"嘭……嗒。"

"嘭……嗒。"

热气腾腾的糯米饭在竹板的搅动下，洁白如玉。

金旺扬起手臂时，一不留神，手背碰到了银花的胸部，春光乍泄。

"哇啊！"张二嫂高声尖叫。

银花羞红了脸。

金旺愣怔片刻，扔下木杵，拔腿就跑。

银花追出门去："金旺，金旺哥，回来，你回来！"

金旺跑远了，没有回来。

老东家闻讯，叹息着摇了摇头。年底，叫人挑了一担米板和油炸豆腐，连同剩余工钱，送到了金旺家。

十年后，金旺发了，娶妻生子起大屋。

乡人羡慕他行了好运。传说，他在汀江边做工时，半夜推窗看江，看到了月光下一匹白马在江边奔跑，一闪而没。他跟踪过去，就发现了数不清的金银珠宝，是古人埋下的"窖藏"。

练建安，1965年生，福建武平人。曾任福建省龙岩市武平县教师进修学校教师，武平县文联副主席，《福建文学》编辑部第一编辑室主任。中国作家协会会员。著有电视剧剧本《刘亚楼将军》《土楼童话》，散文《说刀》《见山还是山》《读易轩》《青山叠叠路迢迢》《柳斋》，小说《竹笛》《鸿雁客栈》，纪实文学《八闽开国将军》，报告文学《抗日将领练惕生》《八闽雄风》，散文集《回望梁山》。曾获2000年第十届中国新闻奖报刊副刊作品铜奖，2000年福建新闻奖报纸副刊作品一、二、三等奖，2001年福建新闻奖报纸副刊作品三等奖；散文《见山还是山》获首届闽西文化奖。2005年被评为龙岩市拔尖人才。

图书在版编目(CIP)数据

船慢慢抓住海的身体/"惠风·文学汇"编委会编. 一福州:海峡文艺出版社,2022.7
(惠风·文学汇)
ISBN 978-7-5550-3014-0

Ⅰ.①船… Ⅱ.①惠… Ⅲ.①中国文学－当代文学－作品综合集 Ⅳ.①I217.1

中国版本图书馆 CIP 数据核字(2022)第 097022 号

船慢慢抓住海的身体

"惠风·文学汇"编委会 编

出 版 人	林 滨
责任编辑	朱墨山 林 颖
出版发行	海峡文艺出版社
经 销	福建新华发行(集团)有限责任公司
社 址	福州市东水路 76 号 14 层
发 行 部	0591－87536797
印 刷	福州印团网印刷有限公司
厂 址	福州市仓山区十字亭路 4 号金山街道燎原村厂房 4 号楼
开 本	720 毫米×1010 毫米 1/16
字 数	190 千字
印 张	18.75
版 次	2022 年 7 月第 1 版
印 次	2022 年 7 月第 1 次印刷
书 号	ISBN 978-7-5550-3014-0
定 价	79.00 元

如发现印装质量问题,请寄承印厂调换